U0000661

一茶

三百句。

小林一茶經典俳句選

小林一茶
こばやしいっさ

陳黎、張芬齡 譯

目次

星羅萬象一茶味

《一茶三百句》導讀

一、小林一茶的生命歷程

與松尾芭蕉（1644-1694）、與謝蕪村（1716-1784）並列為日本「古典俳句三大家」的日本江戶時代俳句詩人小林一茶（1763-1827），於寶曆十三年（1763）五月五日生於信州柏原（今長野縣上水內郡信濃町柏原）小康的自耕農家，父名小林彌五兵衛，母名「くに」（Kuni）——出身於曾任村中官吏的宮澤家族。一茶是長子，本名小林彌太郎，三歲時母親病逝，家中收入減半，生活逐漸窮困。

柏原是海拔約七百公尺的山村，屬土質貧瘠的火山灰地，水田少，多半為旱田，在一茶出生之時，約有一百五十戶人家，人口總數約七百人。其地為日本屈指可數的大雪地帶，冬季時積雪高過人身，街道盡埋，人馬往來受阻，全村進入長達三個月的陰鬱的「冬籠」（冬日閉居、幽居）期。

母親死後，一茶的養育工作轉由祖母負責。八歲時父親續弦，繼母是一位勤奮的勞動者，頗不喜歡一茶。十歲時，同父異母弟仙六（後名彌兵衛）出生，一茶與繼母關

係更為惡化。十四歲時，愛他的祖母去世，翌年父親遣其往江戶（今之東京），免得與繼母衝突。我們不清楚他童年、少年期在柏原受教育的情況，據一茶自己的憶述，少年時代的他逢農忙期，白天整日須幫忙農作或照顧馬匹，夜間則編做草鞋。由於柏原地區冬日大雪，冬季時會開設「寺子屋」（普及庶民教育的私塾），教小孩讀書、寫字，因此一茶在去江戶前應具備一些基本的讀寫能力。

一七七七年春天，十五歲的一茶隻身來到江戶，據說在寺院或醫師診所工作。他十五歲到二十五歲這十年間生活情況不明，但應該就在這段期間他開始接觸俳句。一茶第一首俳句作品出現在一七八七年信州出版的《真左古》（まさご）此一集子裡：「是からも未だ幾かへりまつの花」（從現在起，不知還要開多少回呢……松樹的花），署名「渭濱庵執筆一茶」。「渭濱庵」是「葛飾派」俳句宗匠溝口素丸（1713-1795）的庵號，可以判斷一茶曾隨其習詩，擔任「執筆」（紀錄）之職務。這一年，「葛飾派」重鎮二六庵小林竹阿（1710-1790）從居留二十載的大阪回到江戶，二十六歲的一茶轉拜他為師，學習俳諧之道，同時可

能幫忙照料高齡竹阿之起居。又轉入竹阿師弟「今日庵安袋」森田元夢（1728-1801）門下；元夢一七八八年刊行的《俳諧五十三驛》一書中，收錄了一茶以「今日庵內菊明」為名的十二首俳句。

一七八九年，二十七歲的一茶很可能做了一次師法俳聖松尾芭蕉俳文遊記《奧之細道》的奧羽（日本東北地方）之旅。據說寫了一本《奧羽紀行》，但目前不存於世，內容不明。在一茶那個時代，要成為一個「俳諧宗匠」，踵步芭蕉《奧之細道》行腳是必要的條件。

一七九〇年三月，二六庵竹阿過世。一茶正式投入溝口素丸門下，再任「執筆」之職。一七九一年（寬政 3 年）春天，一茶以父親生病為由向素丸提出歸鄉之請，離家十四年的一茶第一次回到故鄉柏原，他後來在文化三年至文化五年（1806-1808）間寫成《寬政三年紀行》記錄之，風格深受芭蕉俳文影響。

一七九二年春天，三十歲的一茶追循其仰慕的先師竹阿大阪俳壇活躍之足跡，從江戶出發，開始其「西國行腳」，於此後七年間遍歷九州、四國、大阪、京都等地，

並與各地知名俳句詩人（如大阪的大江丸、二柳，京都的丈左、月居，伊予的樗堂……）會吟，蓄養、鍛鍊自己俳句寫作之修行。葛飾派的平俗調，大江的滑稽調，以及西國行腳路上吸納的各地方言、俗語……都是一茶俳句的要素。一七九八年，三十六歲的一茶再次返鄉，然後於八月回到江戶。當時江戶地區的人對於農村來到江戶謀生的鄉下人，每以鄙夷之態度譏稱其為「信濃者」或「椋鳥」（一茶後來有一首追憶江戶生活的俳句即如是書寫：「椋鳥と人に呼ばるる寒さかな」〔他們叫我這鄉下人『椋鳥』——冷啊〕）。

一八〇一年，元夢師過世。三月，三十九歲的一茶返鄉探望父親，四月，父親突染傷寒，臥病一個月後去世。一茶寫了《父之終焉日記》記之。父親遺言其財產由一茶與同父異母弟仙六均分，但繼母與仙六激烈反對。遺產問題一時未能解的一茶又回到江戶，繼續其流浪生活。追隨俳句名家學習多年的一茶，期望早日自成一家，勤讀《萬葉集》、《古今和歌集》、《後撰和歌集》、《百人一首》等古典和歌集，化用其技法於俳句寫作，並聆聽《詩經》

之講釋，自學《易經》及其他中國古典作品，求知慾飽滿，俳諧之藝日益精進。一八〇四年，四十二歲的一茶執筆《文化句帖》，四月主辦「一茶園月並」（一茶園每月例行活動），告別「葛飾派」，轉而親近以夏目成美（1749-1817）為首的俳句團體，受其精神與物質的雙重庇護，並與和夏目成美並稱「江戶三大家」的鈴木道彥、建部巢兆交往，逐漸形塑自己「一茶調」的俳風。

　　一八〇七、一八〇八、一八〇九、一八一〇此四年，一茶數度歸鄉，交涉父親遺產，皆未能有成。他於一八一〇年（文化7年）開始動筆寫《七番日記》（1810-1818）。一八一二年，五十歲的一茶決意告別第二家鄉江戶，結束三十餘年漂泊生活，於十一月回故鄉柏原永住。他當時寫的這首俳句，清楚、動人地顯示了他回歸鄉土的決心：「是がまあつひの栖か雪五尺」（這是我終老埋身之所嗎──雪五尺）。他租屋而居，試圖處理妥遺產問題。一八一三年元月，在祖先牌位所在的明專寺住持調停下，終於成功地分產，家中屋子一分為二，由一茶與仙六分住。

　　一八一四年，五十二歲的一茶終於告別單身生涯

（「五十智天窓をかくす扇かな」〔半百當女婿，以扇羞遮頭〕），於四月時與野尻村富農常田久右衛門二十八歲的女兒菊（きく）結婚。菊小一茶二十四歲，兩人感情很好，雖偶有爭吵。不似不善交際的一茶，她與鄰里和善相處，農忙期也下田幫忙比鄰而居的仙六，與一茶繼母維持良好關係。一茶則不時往返於北信濃地區隨他學習俳句的門人之間。一八一六年四月，長男千太郎出生，但未滿月即夭折。一八一八年五月，長女聰（さと）出生，但於一八一九年六月過世，一茶甚悲，於一年間寫作了俳文集《俺的春天》（おらが春），記述愛女之生與死，真切感人，可謂其代表作。

　　一八二〇年十月五日，次男石太郎出生；十六日，一茶外出，在積雪的路上中風倒下，一茶與新生兒同臥於自宅之床，幸而康復，但言語與行動略有不便。一八二一年一月，石太郎在母親背上窒息致死。一八二二年，六十歲的一茶動筆寫《六十之春》（まん六の春）與《文政句帖》。三月，三男金三郎出生。一八二三年五月，妻子菊以三十七歲之齡病逝。十二月，金三郎亦死。一茶接二連

三遭受打擊，悲痛無助可知。

　　一八二四年五月底，六十二歲的一茶二次結婚，對象為飯山武士田中氏三十八歲的女兒雪（ゆき），但八月初兩人即離婚。離婚後不到一個月，一茶中風再發，言語障礙，行動不自由，出入須乘坐「竹駕籠」（竹轎）。一八二六年八月，六十四歲的一茶三度結婚，妻名八百（やお），年三十八歲。一八二七年六月，柏原大火，一茶房子被燒，只得身居「土藏」（貯藏室）。十一月，六十五歲的一茶中風突發邁逝──唯一繼承其香火的女兒，尚在其妻肚內，於翌年四月出生，一茶生前為其取名「やた」（Yata）。

二、小林一茶的俳句特色

　　俳句是日本詩歌的一種形式，由（「國際化」後經常排列成三行的）五、七、五共十七個音節組成。這種始於十六世紀的詩體，雖幾經演變，至今仍廣為日人喜愛。它們或纖巧輕妙，富詼諧之趣味；或恬適自然，富閑寂之趣

味;或繁複鮮麗,富彩繪之趣味。俳句具有含蓄之美,旨在暗示,不在言傳,簡短精練的詩句往往能賦予讀者豐富的聯想空間。法國作家羅蘭·巴特(Roland Barthes)說俳句是「最精練的小說」,而有評論家把俳句比做一口鐘,沉寂無聲。讀者得學做虔誠的撞鐘人,才聽得見空靈幽玄的鐘聲。

俳句的題材最初多半局限於客觀寫景,每首詩中通常有一「季題」,使讀者與某個季節產生聯想,喚起明確的情感反應。試舉幾位名家之句:

> 我看見落花又回到枝上───啊,蝴蝶(荒木田守武)
>
> 如果下雨,帶著傘出來吧,午夜的月亮(山崎宗鑑)
>
> 海暗了,鷗鳥的叫聲微白(松尾芭蕉)
>
> 刈麥的老者,彎曲如一把鐮刀(與謝蕪村)
>
> 露珠的世界:然而在露珠裡───爭吵(小林一茶)
>
> 他洗馬,用秋日海上的落日(正岡子規)

這些俳句具有兩個基本要素:外在景色和剎那的頓悟。

落花和蝴蝶，月光和下雨，鐮刀和刈麥，露珠和爭吵，落日和洗馬，海的顏色和鳥的叫聲，這類靜與動的交感，使這極短的詩句具有流動的美感，產生令人驚喜的效果，俳句的火花（羅蘭・巴特所謂的「刺點」〔punctum〕）往往就在這一動一靜之間迸發出來。

　　一茶一生留下總數兩萬以上的俳句。命運悲涼的一茶對生命有豐富體認，無情的命運反而造就他有情的性格。雖被通稱為「一茶調」，他的俳句風格多樣，既寫景也敘情，亦莊亦諧，有愛憎有喜怒，笑中帶淚，淚中含笑。他的詩是他個人生活的反映，擺脫傳統以悠閑寂靜為主的俳風，赤裸率真地表現對生活的感受。他的語言簡樸無飾，淺顯易懂，經常運用擬人法、擬聲語，並且靈活驅使俗語、方言；他雖自日常生活取材，但能透過獨到的眼光以及悲憫的語調，呈現一種動人的感性。他的蘇格蘭籍譯者說他是日本的彭斯（Robert Burns, 1759-1796，蘇格蘭著名「農民詩人」），他的美國籍譯者詩人哈斯（Robert Hass）說他是微型的惠特曼或聶魯達，認為他的幽默、哀愁、童年傷痛、率真、直言，與英國小說家狄更斯（Charles

Dickens, 1812-1870）有幾分類似。

　　一茶曾說他的俳風不可學，相對地，他的俳風也非學自他人。他個人的經歷形成了他獨特的俳句風格。那是一種樸素中帶傷感，詼諧中帶苦味的生之感受。他悲苦的生涯，使他對眾生懷抱深沉的同情：悲憫弱者，喜愛小孩和小動物。他的俳句時時流露出純真的童心和童謠風的詩句，也流露出他對強者的反抗和憎惡，對世態的諷刺和揭露，以及自我嘲弄的生命態度──不是樂天，不是厭世，而是一種甘苦並蓄又超然曠達的自在。他的詩貼近現實，不刻意追求風雅，真誠坦率地呈現多樣的生活面貌和情感層面，語言平易通俗，不矯揉造作，自我風格鮮明，讀來覺得富有新意，也易引起共鳴。

＊　＊　＊

　　讓我們先從幾首以古池、古井或青蛙為題材的俳句說起：

古池──

青蛙躍進：

水之音　　（松尾芭蕉）

古井，

魚躍──

暗聲　　（與謝蕪村）

古池──

「讓我先！」

青蛙一躍而入……　　（小林一茶）

　　第一首是十七世紀俳句大師松尾芭蕉的名作。在此詩，他將俳句提升成精練而傳神的藝術形式，把俳句帶入新的境界。他從水聲，領悟到微妙的詩境：在第一行，芭蕉給我們一個靜止、永恆的意象──古池；在第二行，他給我們一個瞬間、跳動的意象──青蛙，而銜接這動與靜，短暫和永恆的橋樑便是濺起的水聲了。這動靜之間，芭蕉

捕捉到了大自然的禪味。在芭蕉的詩裡，青蛙是自然中的一個客觀物體，引發人類悟及大自然幽遠的禪機。寫詩又畫畫的十八世紀俳句大師與謝蕪村擅長對自然景物作細膩的觀察和寫生式的描繪，上面第二首他的俳句顯然是芭蕉之作的變奏，以三個名詞片語呈現魚躍入古井的情境——結尾的「暗聲」，頓時削弱了先前動的元素，讓整首詩宛若一幅靜物畫。而第三首小林一茶詩中的青蛙不再臣屬於人類（雖然詩的視點仍是以人為中心），而是被擬人化，被俏皮地賦予個性，被提升到與人類平行的位置，使人類與動物成為「生物聯合國」裡平起平坐的會員，一如他另一首「蛙俳」所示：「向我挑戰比賽瞪眼——一隻青蛙」。

師法（甚至模仿）前輩大師，本身就是俳句傳統的一部分。在有限的形式裡做細微的變化，是俳句的藝術特質之一。與其說是抄襲、剽竊，不如說是一種向前人致敬的方式，一種用典、翻轉、變奏。但一茶的變奏往往帶著詼諧的顛覆性——搶先展現跳水動作的一茶的青蛙，把相對寂寥、幽深的芭蕉與蕪村的古池、古井，翻轉成嬉鬧之場景。

與謝蕪村有一首俳句：「端坐望行雲者，是蛙喲」

——這隻「正襟危坐」的青蛙，到了一茶筆下，就風趣地變成陶淵明式的隱者或尋找靈感的詩人：

> 悠然見南山者，是蛙喲
> 看起來正在構思一首星星的詩——這隻青蛙

一茶另有一首著名的「蛙俳」：

> 瘦青蛙，別輸掉，一茶在這裡！

這是一茶看到一隻瘦小的青蛙和一隻肥胖的青蛙比鬥時（日本舊有鬥蛙之習）所寫的俳句，顯然是支援弱者之作，移情入景，物我一體，頗有同仇敵愾之味。

在現實生活中是貧困弱勢者的一茶，在作品裡時常流露對與他同屬弱勢之人和自然萬物的憐愛與悲憫：

> 放假回家，剛入門，未見雙親先垂淚的佣人們⋯⋯
> 下雪的夜晚：路邊小販——僵冷得貌似七十歲⋯⋯

被稱為「見世女郎」的賣春女，啊，沒見過煤與
　爐火

別打那蒼蠅，它撐手扭腳向你乞饒呢

五寸釘──松樹也落淚

對於虱子，夜一定也非常漫長，非常孤寂

魚不知身在桶中──在門邊涼快著

* * *

　　一茶少年時期即離開家鄉，自謀生計。他從不諱言自
己生活艱苦，他羨慕那在母親面前說「這是我的年糕，這
也是我的年糕……一整列都是呢」的幸福小孩，因為他自
己從小就失去母親，長大成人後經常斷炊，一心盼著鄰居
善心接濟（「鄰居是不是拿著年糕，要來我家了？」）。
除了貧苦，孤單寂寞是一茶詩作裡另一個常見的主題：

　　來和我玩吧，無爹無娘的小麻雀

　　躺著像一個「大」字，涼爽但寂寞啊

　　元旦日──不只我是無巢之鳥

下一夜下下一夜……同樣是一個人在蚊帳內

　　一茶為自己貧苦、多波折的人生寫下許多看似語調清淡，實則對生之孤寂、挫敗、無奈充滿深切體悟的詩句，讀之每令人神傷：

四十九年浪蕩荒蕪──月與花

無需喊叫，雁啊不管你飛到哪裡，都是同樣的浮世

何喜何賀？馬馬虎虎也，俺的春天

啊，銀河──我這顆星，今夜要借宿何處？

杜鵑鳥啊，這雨只落在我身上嗎？

六十年無一夜跳舞──啊盂蘭盆節

　　了解一茶的人生際遇之後，再讀一茶的俳句，腦海常會不自覺地出現「安貧樂道」這類字眼。生活貧困的一茶有時雖不免自憐自艾，但在更多時候，生之磨難與無常教他體會瞬間即逝的短暫喜悅何其美好：「真不可思議啊！像這樣，活著──在櫻花樹下」，教他懂得苦中作樂，

以幽默、自嘲稀釋生之磨難，在遭遇小說家亨利‧詹姆斯（Henry James）所謂「連舒伯特都無言以對」的生命情境時，仍為自己找尋值得活下去的理由或生之趣味：

> 個個長壽──這個窮村莊內的蒼蠅，跳蚤，蚊子
> 米袋雖空──櫻花開哉！
> 柴門上代替鎖的是──一隻蝸牛
> 成群的蚊子──但少了它們，卻有些寂寞
> 美哉，紙門破洞，別有洞天看銀河！
> 冬日幽居：冬季放屁奧運會又開始了……

即便晚年住屋遭祝融之災，棲身「土藏」（貯藏室）中，他也能自嘲地寫出「火燒過後的土，熱哄哄啊熱哄哄跳蚤鬧哄哄跳……」這種節慶式的詩句。

* * *

對於困頓的人生，再豁達的一茶也無法照單笑納、全納一切苦痛。遺產事件落幕後，年過半百的一茶回鄉娶妻、

生兒育女，期盼苦盡甘來，從此安享恬靜的家居生活——
難得的愉悅清楚流露於當時所寫的詩作中：

　　雪融了，滿山滿谷都是小孩子
　　貓頭鷹！抹去你臉上的愁容——春雨
　　她一邊哺乳，一邊細數她孩子身上的蚤痕

　　但沒想到命運弄人，二子一女皆夭折。一茶在《俺
的春天》中如此敘述喪女之痛：「她母親趴在孩子冰冷的
身上呻吟。我了解她的痛苦，但我也知道流淚是無用的，
流過橋下的水一去不復返，枯萎的花朵也凋零不復開放。
然而，無論我多麼努力，都無法斷解人與人之間的親情之
結。」在一歲多的愛女病逝後，他寫下這首言有盡而悲無
窮的俳句：

　　露珠的世界是露珠的世界，然而，然而……

　　他知道人生就像晨光中消散的露珠，虛空而短暫（「白

露閃閃，大珠小珠現又消……」），死亡是生之必然（「此世，如行在地獄之上凝視繁花」），「然而，然而……」啊，他不明白為何老天獨獨對他如此殘忍，生活上的匱乏他可以豁達超脫（「受蒼蠅和跳蚤藐視欺凌——一天又過去了」〔蚤蠅にあなどられつつけふも暮ぬ〕），幽默自嘲以對（「寒舍的跳蚤消瘦得這麼快——我之過也」），但連最起碼的人倫之愛也一而再地被無情剝奪，他無法理解這樣的生命法則，他無從反抗，也不願順從。寥寥數語道出了他無語問蒼天的無奈悲涼與無聲抗議。後來他的妻子和第三個兒子也相繼過世，殘酷地應驗了他當年新年時所寫的詩句：「一年又春天——啊，愚上又加愚」——跌跌撞撞在人世間前進，最終一事無成，又回到原點。

一次次喪失至親的一茶寫了許多思念亡妻亡兒之作：

秋風：啊，以前她喜歡摘的那些紅花

中秋之月——她會爬向我的餐盤，如果她還在

蟬唧唧叫著——如此熾烈之紅的風車

熱氣蒸騰——他的笑臉在我眼中縈繞……

我那愛嘮叨的妻啊，恨不得今夜她能在眼前共看
此月
秋日薄暮中只剩下一面牆聽我發牢騷
就像當初一樣，單獨一個人弄著過年吃的年糕
湯……

＊　＊　＊

觸景傷情的一茶，眼中所見的自然萬物都成為內心苦
悶的象徵。然而，在許多時候，大自然卻也是一茶尋找慰
藉的泉源，他欣賞萬物之美（「露珠的世界：大大小小粉
紅石竹花上的露珠！」；「春風，以尾上神社之松為弦歡
快奏鳴」；「即便是蚤痕，在少女身上也是美的」），賦
予它們新的形、色、美感，也從中攫取生之動力與啟示。

譬如夏、秋之蟬，其幼蟲在地底蟄伏少則三、五年，
多則十七年，歷經數次蛻皮才羽化為「成蟲」，然而蟬的
壽命卻僅有二至四週，蟬放聲歌唱，或許是想在短暫如朝
露的一生凸顯自己存在的價值，而一茶覺得人生亦當如是：

露珠的世界中露珠的鳴唱：夏蟬

臉上仰墜落，依然歌唱──秋蟬

　　譬如蝸牛，這溫吞吞的慢動作派小動物無法理解蝴蝶的快速飛行（「蝸牛想：那蝴蝶氣喘吁吁急飛過也太吵了吧」），而自己或許正不自覺地朝富士山前行。一茶勉勵小蝸牛一步一步爬，終有抵達之日，寫出「龜兔賽跑」和「愚公移山」的主題變奏：

　　小蝸牛，一步一步登上富士山吧

　　譬如櫻花，自然之美賞心悅目，讓身心得以安頓，所以二十六歲的一茶寫出了「這亂哄哄人世的良藥──遲開的櫻花」，而歷經更多人生磨難之後，五十六歲的一茶將賞花此一日常活動提升到象徵的層次，賦予其更深刻的意義：「在盛開的櫻花樹下，沒有人是異鄉客」──大自然的美，譬如盛開的櫻花樹，可以柔化人間的愁苦，使所有置身美的國度的人變成同胞、家人，再沒有異鄉人流離失

所的孤獨與困頓感。詩歌擴大了美的半徑，以透明、詩意的戳印、浮水印，將我們安於更寬廣的生命之圓裡，安於美的共和國溫柔的護照上。

＊　＊　＊

喜歡大自然、具有敏銳觀察力的一茶寫了數以千計首以小動物、昆蟲、植物為題材的詩。據學者統計，一茶以昆蟲為「季題」的俳句近一千七百首，是古今俳句詩人中詠蟲最多者。一茶俳句中出現最多次的昆蟲季題，包括蝶（299句）、螢（246句）、蚊（169句）、蛬（蟋蟀，113句）、蚤（106句）、蠅（101句）、蟬（94句）、蟲（83句）、蜻蜓（59句）、蝸牛（59句）……此處試舉數例：

蝶──

春日第一隻蝴蝶：沒跟主人打招呼，就直接闖進客
　　廳壁龕！
院子裡的蝴蝶──幼兒爬行，它飛翔，他爬，
　　它飛……

蝴蝶飛舞───我一時忘了上路

螢───

被擦鼻紙包著───螢火蟲依然發光

再而三地逗弄逗弄我們───一隻飛螢

以為我的衣袖是你爹你娘嗎？逃跑的螢火蟲

蚊───

何其有幸！也被今年的蚊子盡情叮食

涼爽天───我的妻子拿著杓子追蚊子……

蛬（蟋蟀）───

蟋蟀，翹起鬍鬚，自豪地高歌……

蟋蟀的叫聲遮蔽了夜裡我在尿瓶裡尿尿的聲音……

蚤───

放它去吧，放它去！跳蚤也有孩子

良月也！在裡面───跳蚤群聚的地獄

混居一處──瘦蚊，瘦蚤，瘦小孩……

蠅──

故鄉的蒼蠅也會刺人啊

人生最後一覺──今天，他同樣發聲驅趕蒼蠅……

蟬──

蟬啊，你也想念你媽媽嗎？

第一聲蟬鳴：「看看浮世！看哪！看哪！」

蜻蜓──

遠山在它眼裡映現──一隻蜻蜓

紅蜻蜓──你是來超度我輩罪人嗎？

此外他也把一些前人未曾寫過的動物寫進俳句裡，譬如蠹蟲、海參、虎蛾：

不是鬼，不是菩薩──只是一隻海參啊

慌忙逃跑的蠹蟲，包括雙親與孩子⋯⋯

剛好在我熄燈時過來──一隻虎蛾

＊　＊　＊

　　一茶十分擅長的擬人化手法賦予平凡無奇的日常事物靈動的生命力和無限的童趣，因此他筆下的許多動、植物會說話、聽話，有表情，有感情，會思考，會抱怨，會做夢，會戀愛，也會傷心，他似乎聽懂了它們的語言，融入了它們的世界，常忘我地與它們對話：

尿尿打哆嗦──蟋蟀一旁竊笑

沾了一身的油菜花回來──啊，貓的戀愛

如果有人來──快偽裝成蛙吧，涼西瓜！

蚊子又來我耳邊──難道它以為我聾了？

足下何時來到了我的足下──小蝸牛？

蟾蜍，被桃花香氣所誘，大搖大擺爬出來

雁與鷗大聲吵嚷著──「這是我的雪！」

蜂兒們嗡嗡嗡嗡地說：瓜啊，快長快長快長大⋯⋯

閃電──蟾蜍一臉關它屁事的表情

蟾蜍！一副能嘔出雲朵的模樣

小麻雀啊，快往旁邊站！馬先生正疾馳而過

屋角的蜘蛛啊，別擔心，我懶得打掃灰塵……

蟲兒們，別哭啊，即便相戀的星星也終須一別

一茶是文字遊戲的高手，非常注重字質、音質，飽含情感，又富理趣。他善用擬聲、擬態或重複堆疊的字詞，以及近音字、諧音字，讓俳句的形式和音韻展現平易又多姿的風貌：

「狗狗，過來過來！」──蟬這麼叫著

雪融了：今夜──胖嘟嘟，圓嘟嘟的月亮

下下又下下，下又下之下國──涼快無上啊！

火燒過後的土，熱哄哄啊熱哄哄跳蚤鬧哄哄跳……

他常借極簡的數字代替文字敘述，賦予所描繪的景象奇妙的動感，讓傳統的詩型產生今日動畫或圖象詩的效果，

或者數學的趣味：

> 初雪——一、二、三、四、五、六人
>
> 兩家，三家，四家……啊，風箏的黃昏！
>
> 兩三滴，三、四隻螢火蟲……
>
> 五月雨——借到了第五千五百支傘

　　一茶也是意象大師，他的許多意象充滿令人訝異的巧思：歷經磨難的一茶悟出「此世，如行在地獄之上凝視繁花」；在長女夭折後，聽著不止的蟬鳴，止不住的傷慟在心中盤旋，彷彿旋轉不停的火紅風車：「蟬唧唧叫著——如此熾烈之紅的風車」；「放生會」上重獲自由的各色鳥兒，彷彿化作繁花在樹上重生：「放生會：各色鳥繁花般在樹上展翅」；飢腸轆轆如雷聲隆隆：「夏日原野——一陣雷聲迴響於我的空腹裡……」；吹拂松樹的風竟然讓他聯想起相撲選手：「三不五時像相撲選手般翻滾過來……一陣松風」；被雨水淋濕而身形畢露的人彷彿和馬一樣赤身裸體：「驟雨：赤裸的人騎著赤裸的馬」——非常「超現實」

的畫面！

　　他的詩看似平淡實富深意，常常蘊含洞見，揭示我們身在其中而沒有發現的生命情境，讓人驚心、動心：

　　露珠的世界：然而在露珠裡———爭吵

　　人生如朝露，瞬間即破，而一茶把整個爭吵、喧鬧的世界置放於小小的露珠裡，這是何等巨大的張力和諷刺！

　　一茶寫詩自成一格，無規矩可言。他不受任何規範束縛，也不認為自己打破了什麼陳規或超越了什麼藩籬。他的獨特性格、人生經歷、生之體悟和當下的真實感受，便是他的寫作原則，他因此賦予了自己絕對的創作自由，賦予同樣的事物多樣的風情。看到白茫茫的雪，他感受到生之愉悅（「雪輕飄飄輕飄飄地飛落———看起來很可口」；「初雪———一、二、三、四、五、六人」），生之淒冷（「下雪，草鞋：在路上」；「這是我終老埋身之所嗎———雪五尺」），更發現生之趣味（「一泡尿鑽出一直穴———門口雪地上」）。他將神聖的佛教元素，與粗鄙的世俗事物並

置，在看似矛盾間呈現出再真實不過的現實人生，形成某種耐人玩味的張力：「一邊咬嚼跳蚤，一邊念南無阿彌陀佛！」（蚤嘣んだ口でなむあみだ仏哉）；「黃鶯一邊尿尿，一邊念妙法蓮華經……」；「流浪貓把佛陀的膝頭當枕頭」；「高僧在野地裡大便———一支陽傘」。他百無禁忌，邀大自然的朋友觀賞他尿尿的自然景觀：

　　　請就位觀賞我的尿瀑布———來呀，螢火蟲

　　對他而言，「從大佛的鼻孔，一隻燕子飛出來哉」，不是褻瀆，而是日常、有趣之景；通常與神佛產生聯想的高潔蓮花也可以是「被棄的虱子們的收容所」；即便是一根卑微的小草也「迎有涼風落腳」，即便是乞丐居住的破落寮棚也有權利高掛美麗的風箏彩帶，因為眾生平等：

　　　一只美麗的風箏在乞丐寮棚上空高飛
　　　有人的地方，就有蒼蠅，還有佛
　　　黃鶯為我也為神佛歌唱———歌聲相同

八月十五的月明明白白照著我的破爛房子

一代一代開在這貧窮人家籬笆——啊，木槿花

　　以超脫的率真和詼諧化解貧窮、孤寂的陰影，泯滅強與弱、親與疏、神聖與卑微的界限，這或許就是一茶俳句最具魅力的地方。

＊　＊　＊

　　一茶一生信仰淨土宗。淨土宗是日本最大的佛教宗派，依照阿彌陀佛的第十八願「念佛往生」，認為一心專念彌陀名號，依仗阿彌陀佛的願力，就能感應往生淨土，死後於彼岸、西方樂土獲得重生。一茶在他的某些俳句中呈示了這類宗教信念，時常將自然萬物與念佛之事結合，似乎相信念佛聲迴盪於整個世界：

小麻雀對著一樹梅花張嘴念經哉

單純地說著信賴……信賴……露珠一顆顆掉下

在清晨的露珠中練習謁見淨土……

隨露水滴落，輕輕柔柔，鴿子在念經哉

　　一茶也認為世界充滿了慾望與貪念，而在佛教教義中那正是人類苦難的源頭：

櫻花樹盛開──慾望瀰漫浮世各角落

　　在一茶的時代，「浮世」每指浮華、歡愉之塵世，但亦含佛教所稱「短暫、無常人世」之原意。一茶覺得世人似乎鮮少察覺死亡之將近，以及死後之果報：

此世，如行在地獄之上凝視繁花
露珠四散──今天，一樣播撒地獄的種子

　　而一茶對念佛之人或佛教繪畫有時語帶嘲諷：

一邊打蒼蠅一邊念南無阿彌陀佛
地獄圖裡的圍欄上，一隻雲雀歌唱

隨著年歲增長，一茶相信佛並非僅存於彼岸西方樂土：「有人的地方，就有蒼蠅，還有佛」；「好涼快啊！這裡一定是極樂淨土的入口」；「涼風的淨土即我家」……他對「未來」也許不免仍有疑懼：「我不要睡在花影裡──我害怕那來世」，但淨土的意象助他心安。一茶死後，據說他的家人在其枕下發現底下這首詩，這或許是他的辭世之詩，他給自己的輓歌：

　　謝天謝地啊，被子上這雪也來自淨土……

＊　＊　＊

二十世紀的西方詩壇自俳句汲取了相當多的養分：準確明銳的意象、跳接的心理邏輯、以有限喻無限的暗示手法等等：一九一〇年代的意象主義運動即是一個顯明的例子。從法語、英語到西班牙語、瑞典語……我們可以找到不少受到俳句洗禮的詩人──法國的勒納爾（Jules Renard，如〈螢火蟲〉──這月亮掉在草地上！），美

國的史蒂文斯（Wallace Stevens，如〈十三種看黑鶇的方法〉）、龐德（Ezra Pound，如〈地下鐵車站〉──人群中這些臉一現：黑濕枝頭的花瓣），墨西哥的塔布拉答（José Juan Tablada，如〈西瓜〉──夏日，艷紅冰涼的笑聲：一片西瓜）等皆是。二〇一一年諾貝爾文學獎得主、瑞典詩人特朗斯特羅默（Tomas Tranströmer），在年輕時就對俳句深感興趣，從一九五九年寫的「監獄俳句」到二〇〇四年出版的詩集《巨大的謎》，總共發表了六十五首「俳句詩」（Haikudikter）。

周作人在一九二〇年代曾為文介紹俳句，他認為這種抒寫剎那印象的小詩頗適合現代人所需。我們不必拘泥於五／七／五、總數十七字的限制，也不必局限於閑寂或古典的情調，我們可以借用俳句簡短的詩型，寫所見所聞、所思所感。事實上，現代生活的許多經驗皆可入詩，而一首好的短詩也可以是一個自身俱足的小宇宙，由小宇宙窺見大世界，正是俳句的趣味所在。

在最為世人所知的三位日本古典俳句大師中，松尾芭蕉一生創作了約千首俳句，與謝蕪村數量達三千，小

林一茶則多達兩萬兩千首。陳黎先前曾中譯二、三十首一茶俳句，且在一九九三年寫了一首以「一茶」為題的詩與名為「一茶之味」的散文，似乎與一茶略有關係，但一直到此次投入《一茶三百句》的翻譯工作，方知先前只是淺嘗。此次，藉廣大網路資源與相關日、英語書籍之助，得以有效地在閱覽成千上萬首一茶俳句後，篩選、琢磨出三百四十首一茶作品中譯，結集出版，應該算更能略體一茶之味了。陳黎嘗試寫作「中文俳句」多年，以《小宇宙》書名，陸續於一九九三、二○○六、二○一六年出版了兩百六十六首「現代中文俳句」。二十幾年持續實驗，在形式與思想的破格、求新上，竟有許多與一茶不謀而合或異曲同工處。這大概就是所謂「詩的家庭之旅」了——以詩、以譯，賡續並且重複我們的家族詩人已完成或未完成的詩作：賡續，並且重複，用我們自己的方式。

「春立や弥太郎改め一茶坊」（一年又春天——彌太郎成了詩僧一茶），這是一茶追憶自己從彌太郎變成俳諧師「一茶坊」的一首俳句。何以以「一茶坊」為俳號？一茶在他《寬政三年紀行》一作開頭說：「信濃國中有一隱士。

胸懷此志，將宇宙森羅萬象置放於一碗茶中，遂以『一茶』為名。」英國詩人布萊克（William Blake, 1757-1827）說「一沙一世界／一花一天堂」（To see a World in a Grain of Sand / And a Heaven in a Wild Flower），與他同一年過世的小林一茶則是「一茶（一碗茶或一茶碗）一宇宙」，以無常之觀視人生為一碗茶，一碗瞬間即逝的泡沫，茶碗裡的風暴。

　　一茶的俳號一茶，一茶的每一首詩也是一茶──一碗茶，一個映照宇宙森羅萬象的小宇宙。這似乎與陳黎企圖通過俳句此一微小詩型，形塑「比磁／片小，比世界大：一個／可複製，可覆蓋的小宇宙」（陳黎，《小宇宙》第二〇〇首）之意念遙相呼應。

　　日本著名俳句學者、作者山下一海（1930-2010）曾各以一字概括日本古典俳句三巨頭詩作特徵：芭蕉──「道」；蕪村──「藝」；一茶──「生」。一茶的確是一位詩句生意盎然，充滿生活感、生命感的「生」之詩人，兩萬首俳句處處生機，如眾生縮影──「包容那幽渺的與廣大的／包容那苦惱的與喜悅的／包容奇突／包容殘缺／

包容孤寂／包容仇恨……」——或可挪用陳黎寫讓他感覺「萬仞山壁如一粒沙平放心底」的家鄉太魯閣峽谷之詩，如是描繪包容生與死的一茶的詩的巨大峽谷。

陳黎《小宇宙》第一三一首如是說：

一茶人生：
在茶舖或
往茶舖的途中

人生如一茶，如一碗又一碗茶，而一茶以他「一茶坊」的詩句讓我們飲之、味之，讓我們在「一茶」中體會宇宙星羅萬象的趣味與氣味。讀者諸君，你們也和我們一樣，正在茶舖——或正在前往一茶茶舖／一茶坊——的路上嗎？讀一茶的俳句，不費力氣，卻令人心有戚戚焉。一茶的味道是生活的味道：愁苦、平淡的人生中，一碗有情的茶。

陳黎、張芬齡
二〇一八年五月　台灣花蓮

小林一茶
經典俳句選

1.　春風——
　　侍女的
　　短刀……

　はるかぜ　　とも　　おんな　　こ　わきざし
　春風や供の女の小脇差

harukaze ya / tomo no onna no / ko wakizashi

2.　新春吃硬物健齒延壽
　　比賽——貓獲勝，
　　咪咪笑……

　はがため　　ねこ　　まさ　　　わら
　歯固は猫に勝れて笑ひけり

hagatame wa / neko ni masarete / warai keri

> 譯註：齒固，日本的健齒風俗，於正月頭三天吃糯米
> 餅、乾栗子、蘿蔔等硬物，因齒有「齡」之意，故以
> 之寓祝健康長壽之意。

3.　小蝸牛，
一步一步登上
富士山吧

蝸牛そろそろ登れ富士の山
katatsuburi / sorosoro nobore / fuji no yama

4.　春日第一隻蝴蝶：
沒跟主人打招呼，就直接
闖進客廳壁龕！

はつ蝶や会釈もなしに床の間へ
hatsu chō ya / eshaku mo nashi ni / tokonoma e

5. 院子裡的蝴蝶——
   幼兒爬行，它飛翔，
   他爬，它飛……

庭のてふ子が這へばとびはへばとぶ

niwa no chō / ko ga haeba tobi / haeba tobu

> 譯註：這首著名的俳句生動地刻繪了一個在地上爬的
> 嬰兒，想要接近或到達在其頭上飛的蝴蝶而不可得的
> 情景。一茶曾為此詩作畫。

6.　世間的蝴蝶

照樣得從早到晚

辛勞不停……

世の中は蝶も朝からかせぐ也

yo no naka wa / chō mo asa kara / kasegu nari

7.　涼爽天──

我的妻子拿著杓子

追蚊子……

涼しさは蚊を追ふ妹が杓子哉

suzushisa wa / ka wo ou imo ga / shakushi kana

8. 涼哉，
一扇揮來
千金雨⋯⋯

涼しさや扇でまねく千両雨
suzushisa ya / ōgi de maneku / senryō ame

> 譯註：一茶曾以毛筆書寫此俳句，署名「俳諧寺一茶」。

9.　他穿過擁擠的人群，
　　手持
　　罌粟花

けし提^{さげ}て群集^{ぐんしゅう}の中^{なか}を通^{とお}りけり

keshi sagete / gunshū no naka wo / tōri keri

10.　盡善
　　盡美矣……
　　即便一朵罌粟花

善^{ぜん}尽^{つく}し美^びを尽^{つく}してもけしの花^{はな}

zen tsukushi / bi wo tsukushite mo / keshi no hana

> 譯註：此詩呼應英國詩人布萊克的詩句「一花一天
> 堂」，又下啟法國詩人波特萊爾的「惡之華」。

11. **白露閃閃，**
　　大珠小珠
　　現又消⋯⋯

　　<ruby>白<rt>しら</rt></ruby><ruby>露<rt>つゆ</rt></ruby>の<ruby>身<rt>み</rt></ruby>にも<ruby>大玉小玉<rt>おおだまこだま</rt></ruby>から

　　shira tsuyu no / mi ni mo ōdama / kodama kara

> 譯註：閃閃露珠既是美的化身，也是一切短暫、瞬間
> 即逝事物的象徵。大珠小珠落大地的玉盤，為眾生書
> 寫透明的墓誌銘。

12. **跟人一樣──**
　　沒有任何稻草人
　　能屹立不倒⋯⋯

　　<ruby>人<rt>ひと</rt></ruby>はいさ<ruby>直<rt>すぐ</rt></ruby>な<ruby>案山子<rt>かがし</rt></ruby>もなかりけり

　　hito wa isa / suguna kagashi mo / nakari keri

13. 中秋圓月──
用外套遮掩
慾望和尿

名月や羽織でかくす欲と尿
_{めいげつ}　_{は　おり}　　　　　　　　_{よく}　_{しと}

meigetsu ya / haori de kakusu / yoku to shito

14. 老鼠啊
不要把尿撒在
我的舊棉被

鼠らよ小便無用古衾
_{ねずみ}　　_{しょうべんむ　よう}_{ふるぶすま}

nezumira yo / shōben muyō / furubusuma

15. 黃鶯

一邊尿尿，

一邊念妙法蓮華經……

鶯 や尿しながらもほつけ経
うぐいす　　しと　　　　　　　　　　きょう

uguisu ya / shito shi nagara mo / hokkekyō

16. 古池——
「讓我先！」
青蛙一躍而入……

<ruby>古<rt>ふる</rt></ruby><ruby>池<rt>いけ</rt></ruby>や<ruby>先<rt>まず</rt></ruby><ruby>御<rt>お</rt></ruby><ruby>先<rt>さき</rt></ruby>へととぶ<ruby>蛙<rt>かはづ</rt></ruby>

furu ike ya / mazu osaki e to / tobu kawazu

> 譯註：此詩是松尾芭蕉名句「古池——青蛙躍進：
> 水之音」的變奏。

17. 傍晚的柳樹
向洗濯的老婆婆
彎身致意……

<ruby>洗<rt>せん</rt></ruby>たくの<ruby>婆<rt>ば</rt></ruby>々へ<ruby>柳<rt>やなぎ</rt></ruby>の<ruby>夕<rt>ゆう</rt></ruby>なびき

sentaku no / baba e yanagi no / yū nabiki

18. **尿尿打**

   哆嗦——蟋蟀

   一旁竊笑

小便の身ぶるひ笑へきりぎりす

shōben no / miburui warae / kirigirisu

19. **當我死時**

   照看我墳——

   啊，蟋蟀

我死なば墓守となれきりぎりす

ware shinaba / haka mori to nare kirigirisu

從現在起，不知

還要開多少回呢……

松樹的花

是からも未だ幾かへりまつの花 （1787）

kore kara mo / mada ikukaeri / matsu no hana

> 譯註：此句被推論為目前所知一茶最早發表的俳句，收
> 錄於一七八七年信州出版，祝賀居住於信州佐久郡上海
> 瀨的新海米翁八十八歲壽辰的紀念集《真左古》裡。

21. **青苔的花在**

    它小裂縫裡長出來——

    地藏菩薩石像

苔の花小疵に咲や石地蔵　（1788）

koke no hana / ko kizu ni saku ya / ishi jizō

22. **蝴蝶飛舞——**

    我一時

    忘了上路

舞蝶にしばしは旅も忘けり　（1788）

mau chō ni / shibashi wa tabi mo / wasure keri

23. **放生會：各色鳥**
    繁花般
    在樹上展翅

色鳥や木々にも花の放生会　（1788）

irodori ya / kigi ni mo hana no / hōjōe

> 譯註：放生會，基於佛教不殺生、不食肉的戒條，將
> 捕獲到的生物放生到池塘或者野外的法會。

24. **孤獨──**
    四面八方都是
    紫羅蘭……

淋しさはどちら向ても菫かな　（1788）

sabishisa wa / dochira muite mo / sumire kana

25. 今天即便象潟
也不覺幽怨……
繁花之春

象潟もけふは恨まず花の春　（1789）

kisagata mo / kyō wa uramazu / hana no haru

> 譯註：象潟，位於今日本秋田縣由利郡、面日本海之
> 名勝，乃因地陷而形成之海灣。詩人松尾芭蕉曾於
> 一六八九年到此遊歷，一茶此詩恰寫於一百年之後，
> 呼應芭蕉《奧之細道》第三十一章「象潟」中「松島
> は笑ふがごとく、象潟は恨むがごとし」（松島含笑，
> 象潟幽怨），「象潟や雨に西施がねぶの花」（象潟
> 雨濕／合歡花：西施／眉黛愁鎖）等詩文。

26. 這亂哄哄人世的

　　良藥──

　　遲開的櫻花

騷がしき世をおし祓つて遲桜　（1789）

sawagashiki / yo wo oshi haratte / osozakura

27. 喝醉後，連說話

　　都顛三倒四

　　像重瓣的櫻花

酔つてから咄も八重の桜哉　（1789）

yotte kara / hanashi mo yae no / sakura kana

28. 三文錢：

望遠鏡下所見

一片霧茫茫

三文が霞見にけり遠眼鏡　（1790）

san mon ga / kasumi mi ni keri / tōmegane

> 譯註：此詩記一茶於寬政二年登江戶的湯島台，花費
> 「三文錢」使用其上的望遠鏡觀景之事，頗詼諧有趣。

29. 明天再走

最後一里路……

夏夜之月

最う一里翌を歩行ん夏の月　（1790）

mō ichi ri / asu wo arikan / natsu no tsuki

30.

山寺鐘聲——
雪底下
悶響

山寺や雪の底なる鐘の声　（1790）

yamadera ya / yuki no soko naru / kane no koe

31

熱氣蒸騰——
兩座墳
狀似密友

陽炎やむつましげなるつかと塚　（1791）

kagerō ya / mutsumashigenaru / tsuka to tsuka

譯註：此詩為一茶至位於今埼玉縣熊谷市的蓮生寺參
謁，在蓮生、敦盛兩人並連之墓前哀悼之作。蓮生、
敦盛，為《平家物語》「一谷會戰」中描述的平安時
代末期兩位武將，生前為敵人。蓮生本名熊谷直實，
為關東第一武者；敦盛姿容端麗，擅吹橫笛，年僅
十五。與直實對陣的敦盛被打落馬下，直實急於割取
對手首級，掀敦盛頭盔，見其風雅俊朗，年輕的臉上
全無懼色，又見其腰間所插橫笛，乃知昨夜敵陣傳來
之悠揚動人笛聲乃其所吹奏。直實不忍殺之，請其快
逃，為敦盛所拒。直實為免敦盛受他人屈辱，遂取敦
盛首級，潸然淚下，拔敦盛腰間之笛，吹奏一曲，黯
然而去。懼敦盛亡魂復仇，直實後落髮出家，法號
蓮生。

32. **手倚青梅上**
    呼呼大睡……
    啊蛙

青梅に手をかけて寝る蛙哉　（1791）

aoume ni / te wo kakete neru / kawazu kana

33. **我的花友們，**
    下次相逢──
    不知是何春？

華の友に又逢ふ迄は幾春や　（1791）

hana no tomo ni / mata au made wa / ikuharu ya

34. 連門前的樹
也安適地
在傍晚納涼……

門の木も 先つつがなし夕涼 （1791）

kado no ki mo / mazu tsutsuganashi / yūsuzumi

35. 杜鵑鳥啊，
這雨
只落在我身上嗎？

時 鳥我身ばかりに降雨か （1791）

hototogisu / waga mi bakari ni / furu ame ka

36. 蓮花——

被棄的虱子們的

收容所……

蓮の花 虱を捨るばかり也　（1791）
はす　はなしらみ　すて　　　　　　　　　なり

hasu no hana / shirami wo suteru / bakari nari

37. 在裝飾於門口的

松竹之間——

今年第一道天光

松竹の行合の間より初日哉　（1792）
まつたけ　ゆきあい　ま　　　はつ ひ かな

matsu take no / yukiai no ma yori / hatsu hi kana

> 譯註：日本人正月新年期間，各戶門口會擺上一些松
> 竹，稱為「門松」，為年節的裝飾，迎神祈福的標誌。

38. **春風，以**
     尾上神社之松為弦
     歡快奏鳴

春風や尾上の松に音はあれど　（1792）

haru kaze ya / onoe no matsu ni / ne wa aredo

> 譯註：尾上神社擁有被公認為國家重要文化財產的
> 「尾上之鐘」，以及源遠流長的曲目「尾上之松」。
> 在神社內的「片枝之松」也廣為人知。

39. **牡丹花落，**
     濺出
     昨日之雲雨……

散ぼたん昨日の雨をこぼす哉　（1792）

chiru botan / kinou no ame wo / kobosu kana

40.　在夜裡
　　變成白浪嗎？
　　遠方的霧

しら浪に夜はもどるか遠がすみ　（1792）

shiranami ni / yoru wa modoru ka / tōgasumi

41.　船伕啊
　　不要把尿撒在
　　浪中之月

船頭よ小便 無用浪の月　（1792）

sendō yo / shōben muyō / nami no tsuki

42.　夏夜，

以澡堂的風呂敷為被——

旅人入夢

夏の夜に風呂敷かぶる旅寢哉　（1792）

natsu no yo ni / furoshiki kaburu / tabine kana

> 譯註：風呂敷，日本昔日澡堂裡供客人將自己東西包
> 起來的大塊方巾。

43.　涼風——

在夢中，

一吹十三里

涼しさや只一夢に十三里　（1792）

suzushisa ya / tada hito yume ni / jū san ri

44. **在京都，**
東西南北
盡是艷色單和服

みやこ哉東西南北辻が花　（1792）

miyako kana / tōzainanboku / tsuji ga hana

> 譯註：此詩寫位於東西南北四方之中心之京都，市中心東西南北大街上，著艷色夏日和服行人，來來往往之盛景。

45. **秋風——**
從東西南北交相
吹來

東西南北吹交ぜ交ぜ野分哉　（1792）

tōzainanboku / fuki mazemaze / nowaki kana

46. **父在母在**

我在的——啊，

美如繁花之日

<ruby>父<rt>ちち</rt></ruby>ありて<ruby>母<rt>はは</rt></ruby>ありて<ruby>花<rt>はな</rt></ruby>に<ruby>出<rt>で</rt></ruby>ぬ<ruby>日<rt>ひ</rt></ruby><ruby>哉<rt>かな</rt></ruby>　（1792）

chichi arite / haha arite hana ni / denu hi kana

> 譯註：孔子說「父母在，不遠遊」。父在母在我在
> ——一家人同在——即是美如繁花之日了！

47. **外面是雪**

裡面是煤煙——

我的家

<ruby>外<rt>そと</rt></ruby>は<ruby>雪<rt>ゆき</rt></ruby><ruby>内<rt>うち</rt></ruby>は<ruby>煤<rt>すす</rt></ruby>ふる<ruby>栖<rt>すみか</rt></ruby>かな　（1792）

soto wa yuki / uchi wa susufuru / sumika kana

48. **雨夜：欲眠的心**
   一朵朵數著──
   花落知多少……

寝心に花を算へる雨夜哉　（1793）

negokoro ni / hana wo kazoeru / amayo kana

> 譯註：此詩應是唐代詩人孟浩然〈春曉〉一詩（「春
> 眠不覺曉，處處聞啼鳥。夜來風雨聲，花落知多
> 少？」）的變奏。

49. **她燒著蚊子……**
紙燭下，
心愛的她的臉龐

蚊を焼くや紙燭にうつる妹が顔　（1793）

ka wo yaku ya / shisoku ni utsuru / imo ga kao

> 譯註：此詩為一茶俳句中難得一見的情詩。詩中的
> 「她」殆為旅途中萍水相逢的有情妹。紙燭，將紙撚
> 浸上油的照明器具，類似油燈。

50. **秋夜──**
旅途中的男人
笨手笨腳補衣衫

秋の夜や旅の男の針仕事　（1793）

aki no yo ya / tabi no otoko no / harishigoto

51. **茶煙**

　　與柳枝，齊

　　搖曳……

茶の煙 柳と共にそよぐ也　（1794）

cha no kemuri / yanagi to tomo ni / soyogu nari

> 譯註：此詩大概是一茶詩作中首次出現「茶」一字的
> 俳句。

52. **蛙鳴，**

　　雞叫，

　　東方白

蛙 鳴き鶏なき東しらみけり　（1795）

kawazu naki / tori naki higashi / shirami keri

53. **即便在花都京都，**

　　也有令人

　　厭倦時……

或時は花の都にも倦にけり　（1795）

aru toki wa / hana no miyako ni mo / aki ni keri

> 譯註：京都古來為日本宮廷與傳統文化的中心，既是
> 櫻花、梅花……繁花盛開之都，也是政經、文化繁華
> 之都。

54. **轉身**

　　向柳樹──啊，

　　錯過了一位美女……

振向ばはや美女過る柳哉　（1795）

furimukeba / haya bijo sugiru / yanagi kana

55.　五月雨——借到了
　　第五千五百支
　　傘

<ruby>五月雨<rt>さみだれ</rt></ruby>や<ruby>借傘<rt>かしがさ</rt></ruby><ruby>五千<rt>ごせん</rt></ruby><ruby>五百<rt>ごひゃく</rt></ruby>ばん　　（1795）

samidare ya / kashigasa go sen / go hyaku ban

56.　一副神社的御旅所
　　屬於它所有的樣子——
　　那隻蝸牛

<ruby>御旅所<rt>おたびじょ</rt></ruby>を<ruby>吾<rt>わが</rt></ruby>もの<ruby>顔<rt>がお</rt></ruby>やかたつぶり　　（1795）

otabisho wo / waga monogao ya / katatsuburi

譯註：御旅所，日本神社祭禮時，神輿的暫停處。

57. 天廣，

地闊，

秋天正秋天……

天広く地ひろく秋もゆく秋ぞ　（1795）

ten hiroku / chi hiroku aki mo / yuku aki zo

58. 和大家一樣

在榻榻米上——

看月亮……

人並に畳のうえの月見哉　（1796）

hito nami ni / tatami no ue no / tsukimi kana

譯註：此詩寫於寬政八年（1796）八月十五夜，是在
松山宜來亭舉行的中秋賞月會連吟的「發句」。

59. **下雪，**
草鞋：
在路上

降雪に草履で旅宿出たりけり （1796）

furu yuki ni / zōri de tabiyado / detari keri

> 譯註：此詩描寫一茶自己「西國行腳」途中，在下
> 雪的冬日早晨著草鞋步出旅店，繼續上路行吟的情
> 景──上接芭蕉《奧之細道》行腳，下啟二十世紀美
> 國「垮掉的一代」傑克 · 凱魯亞克（Jack Kerouac,
> 1922-1969）的《在路上》（*On the Road*）。

60. 在元旦日

變成

一個小孩吧！

正月の子供に成て見たき哉　（1797）

shōgatsu no / kodomo ni narite / mitaki kana

61. 閃電──

橫切過雨中，

讓涼意也帶電！

涼しさや雨をよこぎる稲光り　（1798）

suzushisa ya / ame wo yokogiru / inabikari

62. **昨夜爐火邊**
他以微笑
向我道別

炉のはたやよべの笑ひがいとまごひ　　（1799）

ro no hata ya / yobe no warai ga / itomagoi

> 譯註：一茶此詩追憶突然去世的恩人，俳句詩人大川
> 立砂。

63. **彷彿為夏天的**
山脈洗臉──
太陽出來了

夏山に洗ふたやうな日の出哉　　（1800）

natsu yama ni / arauta yōna / hi no de kana

82

64. 足下何時來到了
我的足下——
小蝸牛？

足元へいつ来りしよ蝸牛　（1801）

ashi moto e / itsu kitarishi yo / katatsuburi

65. 人生最後一覺——
今天，他同樣
發聲驅趕蒼蠅……

寝すがたの蠅追ふもけふがかぎり哉　（1801）

nesugata no / hae ou mo kyō ga / kagiri kana

> 譯註：一茶的父親於享和元年（1801）四月病逝。此
> 為收於《父之終焉日記》中，記其父生前最後一日情
> 狀之詩。

66. 草上之露

　　濺著

　　我這殘存者⋯⋯

生残る我にかかるや草の露　　（1801）

ikinokoru / ware ni kakaru ya / kusa no tsuyu

> 譯註：此詩為父亡後一茶之作。草上之露，亦一茶
> 之淚。

67. 倘若父親還在──

　　綠野上同看

　　黎明的天色

父ありて明ぼの見たし青田原　　（1801）

chichi arite / akebono mitashi / aotahara

> 譯註：一茶此詩追憶父親生前與其晨起共賞綠野天光
> 之景。

68.　一枝，即讓
京都的天空成形──
啊，梅花

片枝は都の空よむめの花　（1802）

kata eda wa / miyako no sora yo / mume no hana

69.　「春來了……」
第一音方出，
四野皆綠

春立といふばかりでも草木哉　（1803）

haru tatsu to / iu bakari demo / kusaki kana

70. 百合花叢裡的
蟾蜍，一直
盯著我看

我見ても久しき蟾や百合の花　（1803）

ware mite mo / hisashiki hiki ya / yuri no hana

71. 老臉倚著
朝顔花——輕搖
花顏如團扇

朝顔に老づら居て団扇哉　（1803）

asagao ni / oizura suete / uchiwa kana

│ 譯註：日語「朝顏」即牽牛花。

86

72. 夏日之山——
　　每走一步，海景
　　更闊

夏山や一足づつに海見ゆる　（1803）

natsu yama ya / hito ashi zutsu ni / umi miyuru

73. 夏日原野——
　　一陣雷聲迴響於
　　我的空腹裡……

空腹に　雷　ひびく夏野哉　（1803）

sukibara ni / kaminari hibiku / natsuno kana

74. **啊，銀河——**
    我這顆星，今夜
    要借宿何處？

我星はどこに旅寝や天の川　（1803）

waga hoshi wa / doko ni tabine ya / ama no gawa

> 譯註：此詩為一茶寫給才貌兼備的女詩人織本花嬌
> （1755?-1810）的戀歌。花嬌是一茶唯一的女弟子；
> 丈夫為上總（千葉縣）富津村富豪織本嘉右衛門，於
> 一七九三年病死。一茶二十九歲時（1791）初識伊
> 人。一八〇三年六月，四十一歲的一茶有富津行，寫
> 出「うつくしき 扇持けり未亡人」（她手中的團扇
> ／多美啊——／未亡人），以及這首自比為牛郎星，
> 渴望能與彼「織」（本花嬌）女聚合的情詩。翌年七
> 月又有富津行，於七夕寫成「我星は上総の空をうろ
> つくか」（我這顆星，／在上總上空／徘徊潛行……）
> 一詩。論者以為一茶秘戀、思慕著的花嬌，是其「永
> 恆的戀人」。（關於花嬌，另見本書第 151 首。）

75. **湯鍋裡──**
銀河
歷歷在目

汁なべもながめられけり天の川　（1803）

shiru nabe mo / nagamerare keri / ama no gawa

76. **秋寒：**
所到之處，家家戶戶
入門各自媚

秋寒むや行く先々は人の家　（1803）

akisamu ya / yuku sakizaki wa / hito no ie

> 譯註：一茶此首俳句前書「鵲巢」二字，是受《詩經》
> 召南〈鵲巢〉一篇「維鵲有巢，維鳩居之……」啟發
> 之作。

照見同齡人

臉上的皺紋──

啊，燈籠

同じ年の顔の皺見ゆる灯籠哉 （1803）

onaji toshi no / kao no shiwa miyuru / tōro kana

> 譯註：每年陰曆七月十五前後的「盂蘭盆節」可謂日
> 本的中元節，是日本重要的傳統節日，出門在外工作
> 者都會於此時返鄉團聚祭祖。此處的燈籠應為盂蘭盆
> 會時為亡魂所點的燈籠，亦照在生者臉上。

78. 一鍋

一柳

也春天

なべ一ツ柳一本も是も春 （1804）

nabe hitotsu / yanagi ippon mo / kore mo haru

79. 在春天

有水的地方

就有暮色流連

春の日や水さへあれば暮残り （1804）

haru no hi ya / mizu sae areba / kure nokori

80. 蟾蜍，被
桃花香氣所誘，
大搖大擺爬出來

福蟾ものさばり出たり桃の花 （1804）

fukubiki mo / nosabari detari / momo no hana

81. 小麻雀
對著一樹梅花張嘴
念經哉

雀子も梅に口明く念仏哉 （1804）

suzume ko mo / ume ni kuchi aku / nenbutsu kana

82. 梅香誘人──
　　來客無論是誰
　　唯破茶碗招待……

梅がかやどなたが来ても欠茶碗　（1804）

ume ga ka ya / donata ga kite mo / kake chawan

83. 西瓜已經放了兩天，
　　更清涼了──
　　仍沒有人來……

冷し瓜二日立てども誰も来ぬ　（1804）

hiyashi uri / futsuka tatedomo / dare mo konu

93

高僧在野地裡

大便──

一支陽傘

僧正が野糞遊ばす日傘哉　　（1804）

sōjō ga / noguso asobasu / higasa kana

> 譯註：此詩將「神聖」的高僧與粗鄙的糞便並列，造
> 成一種矛盾、怪異、快意的調和，真是「道在屎溺」！
> 日本小說家永井荷風說西方文學自希臘、羅馬以降，
> 雖然甚猛，但少見像一茶這樣，能將「放屁、小便、
> 野糞」等身體垢膩大膽詩意化的。

85. 啄木鳥也沉浸在
晚霞中──啊，
是紅葉……

<ruby>啄木<rt>きつつき</rt></ruby>も<ruby>日<rt>ひ</rt></ruby>の<ruby>暮<rt>くれ</rt></ruby>かかる<ruby>紅葉<rt>もみじ</rt></ruby><ruby>哉<rt>かな</rt></ruby>　　（1804）

kitsutsuki mo / hi no kure kakaru / momiji kana

86. 米袋雖
空──
櫻花開哉！

<ruby>米袋<rt>こめぶくろ</rt></ruby><ruby>空<rt>むな</rt></ruby>しくなれど<ruby>桜<rt>さくら</rt></ruby><ruby>哉<rt>かな</rt></ruby>　　（1805）

komebukuro / munashiku naredo / sakura kana

96

87. **兩家，三家，四家……**

啊，風箏的

黃昏！

家二ツ三ツ四ツ凧の夕哉　（1805）

ie futatsu / mitsu yotsu tako no / yūbe kana

> 譯註：此詩以數字層遞，描寫風箏之漸飛漸高，有趣
> 又富動感！

88. **鼻貼**

木板圍牆——

涼哉

板塀に鼻のつかへる涼哉　（1805）

itabei ni / hana no tsukaeru / suzumi kana

89. 朝霞滿天：
使你心喜嗎，
啊蝸牛？

朝やけがよろこばしいかかたつぶり　　（1805）

asayake ga / yorokobashii ka / katatsuburi

90. 蝸牛想：那蝴蝶
氣喘吁吁急飛過
也太吵了吧

蝸牛 蝶はいきせきさはぐ也　　（1805）

katatsuburi / chō wa ikiseki / sawagu nari

91. **啄木鳥**

紋風不動工作──

直到日落

木つつきや一ッ所に日の暮るる　（1805）

kitsutsuki ya / hitotsu tokoro ni / hi no kururu

92. **潺潺小川**

涼清酒……

啊，木槿花

酒冷すちよろちよろ川の槿哉　（1805）

sake hiyasu / chorochoro kawa no / mukuge kana

| 譯註：此處中譯第二行「涼」字，應為動詞。

93. 孤寂的牽牛花只剩
兩片葉子：
春寒

二葉から朝顔淋し春の霜　（1806）

futaba kara / asagao sabishi / haru no shimo

94. 即便樹下的草
聞起來也是香的──
啊梅花

下草も香に匂ひけり梅の花　（1806）

shitakusa mo / ka ni nioi keri / ume no hana

95. 露珠
一滴接一滴：
家鄉村裡

露の玉一ッ一ッに古郷あり　（1806）

tsuyu no tama / hitotsu hitotsu ni / furusato ari

96. 冬日
幽居三個月──如同
暮年

冬三月こもるといふも齢哉　（1806）

fuyu mi tsuki / komoru to iu mo / yowai kana

> 譯註：一茶的家鄉柏原，冬季大雪，一年有三個月進
> 入閉居、幽居的「冬籠」期。

97. 在我的影子
旁邊：
蛙影

影ぼふし我にとなりし蛙哉 （1807）

kagebōshi / ware ni tonari shi / kawazu kana

98. 今天，今天——
風箏又被
朴子樹纏住了！

けふもけふも凧引っかかる榎哉 （1807）

kyō mo kyō mo / tako hikkakaru / enoki kana

99. **清晨的天空顏色**
已經換穿
夏天的衣服

<ruby>曙<rt>あけぼの</rt></ruby> の<ruby>空色衣<rt>そらいろころも</rt></ruby>かへにけり　（1807）

akebono no / sora iro koromo / kae ni keri

100. **三不五時**
像相撲選手般翻滾過來……
一陣松風

<ruby>間々<rt>あい</rt></ruby>に<ruby>松風<rt>まつかぜ</rt></ruby>の<ruby>吹角力哉<rt>ふくすもうかな</rt></ruby>　（1807）

aiai ni / matsu kaze no fuku / sumō kana

101. 一葉──對黃鶯，
就是一頂帽子：
啊，紅葉

<ruby>鶯<rt>うぐいす</rt></ruby> に<ruby>一葉<rt>いちょう</rt></ruby>かぶさる<ruby>紅葉哉<rt>もみじかな</rt></ruby>　（1807）

uguisu ni / ichiyō kabusaru / momiji kana

102. 佣人放假不在的
日子：不必費心
隱藏白頭髮

やぶ<ruby>入<rt>いり</rt></ruby>のかくしかねたる<ruby>白髮哉<rt>しらがかな</rt></ruby>　（1808）

yabuiri no / kakushi kanetaru / shiraga kana

> 譯註：日語「やぶ入」（藪入），正月或盂蘭盆節，
> 佣人請假回家的日子。

103. 佛陀的目光也朝

這裡投過來──

啊，櫻花

御仏もこち向給ふ桜哉　（1808）

mihotoke mo / kochi muki tamau / sakura kana

104. 貓頭鷹那一副

行家鑑別的表情──

啊，梅花

梟 の分別顔や梅の花　（1808）

fukurō no / funbetsu kao ya / ume no hana

105. **八月十五的月**
明明白白照著
我的破爛房子

<ruby>名<rt>めい</rt></ruby><ruby>月<rt>げつ</rt></ruby>の<ruby>御<rt>ご</rt></ruby><ruby>覽<rt>らん</rt></ruby>の<ruby>通<rt>とお</rt></ruby>り<ruby>屑<rt>くず</rt></ruby><ruby>家<rt>や</rt></ruby><ruby>也<rt>なり</rt></ruby>　（1808）

meigetsu no / goran no tōri / kuzuya nari

> 譯註：一茶曾為此詩作「俳畫」。

106.　元旦日——

不只我是

無巢之鳥

元日や我のみならぬ巢なし鳥　（1809）

ganjitsu ya / ware nominaranu / su nashi tori

> 譯註：文化六年（1809）元旦日之夜，江戶佐內町大
> 火，許多人無家可歸，一如常年浪居在外的一茶。

107.　蝴蝶飛閃而過，

彷彿對此世無

任何企望……

蝶とぶや此世に望みないやうに　（1809）

chō tobu ya / kono yo ni nozomi / nai yō ni

107

108. **梅花的香氣——**
春天是件
夜晚的事

梅が香やそもそも春は夜の事　（1809）

ume ga ka ya / somosomo haru wa / yoru no koto

109. **單純地信賴地**
飄然落下，花啊
就像花一般……

ただ頼め花ははらはらあの通　（1809）

tada tanome / hana wa harahara / ano tōri

110. **雨三滴，**

三、四隻

螢火蟲……

雨三粒 蛍も三ッ四ッかな　（1809）

ame mi tsubu / hotaru mo mitsu / yotsu kana

111. **下一夜下下一夜……**

同樣是一個人在

蚊帳內

翌も翌も同じ夕か独蚊屋　（1809）

asu mo asu mo / onaji yūbe ka / hitori kaya

109

112. **蟬啊，**

　　你也想念

　　你媽媽嗎？

母恋し恋しと蝉も聞ゆらん　（1809）

haha koishi / koishi to semi mo / kikoyuran

113. **蜂兒們嗡嗡**

　　嗡嗡地說：瓜啊，

　　快長快長快長大……

瓜になれなれなれとや蜂さわぐ　（1809）

uri ni nare / nare nare to ya / hachi sawagu

114. **雪融了：今夜——**
胖嘟嘟，圓嘟嘟的
月亮

雪<ruby>ゆき</ruby>とけてくりくりしたる月<ruby>つき</ruby>よ哉<ruby>かな</ruby>　（1810）

yuki tokete / kurikuri shitaru / tsuki yo kana

> 譯註：一茶在此詩中，用相當生動的擬態詞「くりく
> り」（音 kurikuri，胖嘟嘟，圓嘟嘟之意），形容雪
> 融後浮現的月亮。

115. **蝴蝶飄飛而過——**
啊，我身亦
塵土矣

蝶<ruby>ちょう</ruby>とんで我<ruby>わが</ruby>身<ruby>み</ruby>も塵<ruby>ちり</ruby>のたぐひ哉<ruby>かな</ruby>　（1810）

chō tonde / waga mi mo chiri no / tagui kana

116.　隨散落水面的

櫻花的拍子猛衝吧──

小香魚！

花の散る拍子に急ぐ小鮎哉　（1810）

hana no chiru / hyōshi ni isogu / ko ayu kana

117.　真不可思議啊！

像這樣，活著──

在櫻花樹下

斯う活て居るも不思儀ぞ花の陰　（1810）

kō ikite / iru mo fushigi zo / hana no kage

118. **櫻花樹盛開——**
慾望瀰漫
浮世各角落

花咲や欲のうきよの片すみに　（1810）

hana saku ya / yoku no ukiyo no / kata sumi ni

119. **傍晚的櫻花——**
今天也已
成往事

夕ざくらけふも昔に成にけり　（1810）

yūzakura / kyō mo mukashi ni / nari ni keri

120. 山裡人──

在他袖子深處，

蟬的叫聲

山人や袂の中の蝉の声　（1810）

yamaudo ya / tamoto no naka no / semi no koe

121. 故鄉，像帶刺的

玫瑰──愈近它

愈刺你啊

古郷やよるも障も茨の花　（1810）

furusato ya / yoru mo sawaru mo / bara no hana

122. **露珠的世界：**
然而在露珠裡──
爭吵

露の世の露の中にてけんくわ哉　（1810）

tsuyu no yo no / tsuyu no naka nite / kenka kana

123. **隨露水滴落，**
輕輕柔柔，
鴿子在念經哉

露ほろりほろりと鳩の念仏哉　（1810）

tsuyu horori / horori to hato no / nebutsu kana

124. 鄰居是不是拿著
年糕，要來
我家了？

我宿へ来さうにしたり配り餅 （1810）

waga yado e / kisō ni shitari / kubari mochi

譯註：貧困的一茶時有斷炊之虞，歲末在家中殷殷期
盼鄰居敲門送年糕來。

125. 秋風──
啊，昔日
他亦是個美少年……

秋風やあれも昔の美少年 （1810）

aki kaze ya / are mo mukashi no / bishōnen

126. **下雪的夜晚：路邊**

小販──僵冷得

貌似七十歲……

雪ちるや七十顔の夜そば売　（1810）

yuki chiru ya / shichijū kao no / yo sobauri

> 譯註：一茶的俳句中許多都是直視生活、直視人生之
> 作，農村出身的他也寫了頗多動人的都市詩，呈現都
> 市底層或邊緣者的生活，此首與下一首即為佳例。

被稱為「見世女郎」的

賣春女，啊，沒見過

煤與爐火……

煤<ruby>す<rt></rt></ruby>はきや火<ruby>ひ<rt></rt></ruby>のけも見<ruby>み<rt></rt></ruby>へぬ見世女郎<ruby>み せ じょろう<rt></rt></ruby>　（1810）

susuhaki ya / hinoke mo mienu / mise jorō

> 譯註：日語「見世女郎」，指下級之遊女（賣春女）。

128. 春雨，

大呵欠──

美女的臉上

春雨<ruby>はるさめ<rt></rt></ruby>に大欠<ruby>おおあくび<rt></rt></ruby>する美人<ruby>びじん<rt></rt></ruby>哉<ruby>かな<rt></rt></ruby>　（1811）

harusame ni / ōakubi suru / bijin kana

129.　**孩子們──**

　　那紅月亮是你們

　　誰家的？

　あか　　つきこれ　　だれ　　　　　こ　たち
赤い月是は誰のじや子ども達　（1811）

akai tsuki / kore wa dare no ja / kodomodachi

130.　**如此親密無間──**

　　來世當做

　　原野上之蝶！

　　　　　　　うま　　　　　　　　　　　　ちょう
むつまじや生れかはらばのべの蝶　（1811）

mutsumaji ya / umare kawaraba / nobe no chō

131. **露珠的世界中**
露珠的鳴唱：
夏蟬

<ruby>露<rt>つゆ</rt></ruby>の<ruby>世<rt>よ</rt></ruby>の<ruby>露<rt>つゆ</rt></ruby>を<ruby>鳴也夏<rt>なくなりなつ</rt></ruby>の<ruby>蟬<rt>せみ</rt></ruby>　（1811）

tsuyu no yo no / tsuyu wo naku nari / natsu no semi

> 譯註：此詩為頗幽微、動人的時空三重奏：短暫如露
> 珠的塵世裡，短暫如轉瞬即逝的露珠之歌的夏蟬的鳴
> 叫，夾縫中及時為「樂」的間奏曲……

132. **秋夜：**
紙門上一個小洞幽幽
吹笛

<ruby>秋<rt>あき</rt></ruby>の<ruby>夜<rt>よ</rt></ruby>や<ruby>窓<rt>まど</rt></ruby>の<ruby>小穴<rt>こあな</rt></ruby>が<ruby>笛<rt>ふえ</rt></ruby>を<ruby>吹<rt>ふ</rt></ruby>く　（1811）

aki no yo ya / mado no ko ana ga / fue wo fuku

133. 秋風：

一茶

騷動的心思

秋の風一茶心に思ふやう　（1811）

aki no kaze / issa kokoro ni / omou yō

134. 菊與我

同為

偽隱者矣⋯⋯

菊さくや我に等しき似せ隱者　（1811）

kiku saku ya / ware ni hitoshiki / nise inja

> 譯註：「菊，花之隱逸者也。」一茶在這首詩裡調侃
> 地說，菊花和他自己都是假的隱者，因為要成為真正
> 的隱士非容易之事啊！

135. 活下來
活下來──
何其冷啊

生残り生残りたる寒さかな　（1811）
いきのこ　いきのこ　　　さむ

ikinokori / ikinokoritaru / samusa kana

136. 四十九年浪蕩

荒蕪──

月與花

月花や四十九年のむだ歩き　（1811）

tsuki hana ya / shijūku nen no / muda aruki

> 譯註：此詩為一茶四十九歲時之作。

137. 江戶的夜晚，

似乎

特別地短……

江戶の夜は別にみじかく思ふ也　（1812）

edo no yo wa / betsuni mijikaku / omou nari

> 譯註：一八一二年，五十歲的一茶決意結束三十餘年
> 漂泊生活回故鄉柏原永住。此詩為返鄉前留戀、告別
> 江戶之作。「江戶更顯迷人，在離別的時分……」

涼風加

明月，

五文錢哉！

涼風に月をも添て五文哉　（1812）

suzukaze ni / tsuki wo mo soete / gomon kana

> 譯註：一茶此詩所寫乃在京都加茂川的四條河原納涼
> 的情景。李白的〈襄陽歌〉說「清風朗月不用一錢
> 買」，但窮兮兮的一茶卻無法這麼浪漫，在河灘上租
> 個床位納涼，要收五文錢呢！涼風五文錢，月色就當
> 是免費附送了……

139. **歸去來兮，**
江戶乘涼
不易啊！

いざいなん江戸は涼みもむつかしき　（1812）
izai nan / edo wa suzumi mo / mutsukashiki

| 譯註：此詩亦為返鄉定居前告別江戶之作。

140. **飛雁們**
咕噥咕噥地，
聊我的是非嗎？

雁わやわやおれが噂を致す哉　（1812）
kari wayawaya / ore ga uwasa wo / itasu kana

125

141. 松雞啼叫──
雲朵隨其節奏
快速前進

水鶏なく拍子に雲が急ぐぞよ　（1812）

kuina naku / hyōshi ni kumo ga / isogu zo yo

142. 金色棣棠花
可敬的盟友──
青蛙

山吹の御味方申す蛙かな　（1812）

yamabuki no / omikata mōsu / kawazu kana

143. **嘎喳嘎喳咬食著**

一粒粽子的——

是個美人啊！

がさがさと粽をかぢる美人哉　（1812）

gasagasa to / chimaki wo kajiru / bijin kana

144. **與弦月**

和鳴——

杜鵑鳥

三日月とそりがあふやら時鳥　（1812）

mikazuki to / sori ga au yara / hototogisu

> 譯註：此詩頗幽微，陰曆三日前後的新月（日語：三
> 日月）彷彿有弦，與杜鵑的叫聲和鳴。

145. 流浪貓
把佛陀的膝頭
當枕頭

のら貓が仏のひざを枕哉　（1812）

nora neko ga / hotoke no hiza wo / makura kana

146. 五寸釘——
松樹
也落淚

五寸釘松もほろほろ涙哉　（1812）

go sun kugi / matsu mo horohoro / namida kana

147. **會成佛嗎？**

老松

空思漫想……

仏^{ほとけ}ともならでうかうか老^{おい}の松^{まつ}　（1812）

hotoke tomo / narade ukauka / oi no matsu

148. **此世，如**

行在地獄之上

凝視繁花

世^よの中^{なか}は地獄^{じごく}の上^{うえ}の花見^{はなみ}哉^{かな}　（1812）

yo no naka wa / jigoku no ue no / hanami kana

149. **露珠的世界：**

大大小小粉紅

石竹花上的露珠！

露の世や露のなでしこ小なでしこ　（1812）

tsuyu no yo ya / tsuyu no nadeshiko / ko nadeshiko

150. **這是我**

終老埋身之所嗎——

雪五尺

是がまあつひの栖か雪五尺　（1812）

kore ga maa / tsui no sumika ka / yuki go shaku

> 譯註：一八一二年十一月，在外漂泊三十餘年的一茶
> 終於返鄉定居，寫此俳句，顯示回歸鄉土柏原之決心。

151. **我死去的母親——**
每一次我看到海
每一次我……

亡き母や海見る度に見るたびに　（1812）

naki haha ya / umi miru tabi ni / miru tabi ni

> 譯註：一茶三歲喪母，一生對母親甚為懷念。文化九
> 年（1812）四月，受家屬邀，一茶出席俳句女詩人
> 花嬌逝世滿兩年忌，在搭船前往富津的途中寫下此俳
> 句：看到海，就想到他所愛的母親——他或將生前與
> 其頗親近的花嬌的影像與自己的母親融在一起。花
> 嬌滿兩年忌上，他寫了一首追念伊人的俳句——「目
> 覚しのぼたん芍薬でありしよな」（她醒來，啊美
> 麗／如牡丹與芍藥般——／一如往昔……）。花嬌於
> 一八一○年去世。一茶於一八一四年第一次結婚。

152. 六道之一　〈地獄〉

傍晚的月亮──
田螺在鍋子裡
哀鳴

夕月や鍋の中にて鳴田にし　（1812）

yūzuki ya / nabe no naka nite / naku tanishi

153. 六道之二　〈餓鬼〉

花朵四散──
我們渴求的水
在霧中的遠方

花散や呑たき水を遠霞　（1812）

hana chiru ya / nomitaki mizu wo / tōgasumi

133

154. 六道之三 〈畜生〉

花朵遍撒……
彼等依然目中無「佛」，
無「法」

散花に仏とも法ともしらぬかな （1812）

chiru hana ni / butsu tomo hō tomo / shiranu kana

155. 六道之四 〈修羅〉

花影下
賭徒的聲音
激烈交鋒……

声々に花の木陰のばくち哉 （1812）

koegoe ni / hana no kokage no / bakuchi kana

| 譯註：修羅，佛教中名為「阿修羅」之好鬥之鬼神。

156. 六道之五　〈人間〉

在繁花間
蠕動難安的
我等眾生啊⋯⋯

さく花の中にうごめく衆生哉　（1812）
saku hana no / naka ni ugomeku / shujō kana

157. 六道之六　〈天上〉

陰霾的日子──
連神也覺得
寂寞無聊⋯⋯

かすむ日やさぞ天人の御退屈　（1812）
kasumu hi ya / sazo tennin no / gotaikutsu

> 譯註：此詩甚有趣，非常神氣的天界的居民（天人、
> 仙人），天氣不好時也會生氣而不太神氣。

135

158. **沾了一身的油菜花**

   回來——

   啊，貓的戀愛

なの花_{はな}にまぶれて来_きたり猫_{ねこ}の恋_{こい}　（1813）

na no hana ni / maburete kitari / neko no koi

159. **唱吧，唱吧，**

   雖然是走音的金嗓——

   你是我的黃鶯哪……

鳴_なけよ鳴_なけよ下手_{へた}でもおれが鶯_{うぐいす}ぞ　（1813）

nake yo nake yo / heta demo ore ga / uguisu zo

160. 以我的手臂為枕——
蝴蝶每日
前來造訪

手枕や蝶は毎日来てくれる　（1813）

temakura ya / chō wa mainichi / kite kureru

161. 月亮，梅花，
醋啊，蒟蒻啊——
一天又過去了

月よ梅よ酢のこんにやくのとけふも過ぬ　（1813）

tsuki yo ume yo / su no konnyaku no to / kyō mo suginu

162. **悠然**

見南山者，

是蛙嘍

ゆうぜんとして山を見る蛙哉　（1813）

iuzen to shite / yama wo miru / kawazu kana

> 譯註：此詩為陶淵明名句「采菊東籬下，悠然見南山」
> 的詼諧變奏。

163. **涼風一吹**

到我身——啊，

我在我家

一吹の風も身になる我家哉　（1813）

hito fuki no / kaze mo mi ni naru / waga ya kana

164. **一無所有**

但覺心安——

涼快哉

何もないが心安さよ涼しさよ　　（1813）

namo nai ga / kokoroyasusa yo / suzushisa yo

165. **躺著**

像一個「大」字，

涼爽但寂寞啊

大の字に寝て涼しさよ淋しさよ　　（1813）

dai no ji ni / nete suzushisa yo / sabishisa yo

> 譯註：一茶於一八一二年十一月返鄉定居，一八一四
> 年四月始結婚。寫此詩時，一茶五十一歲，仍單身一
> 人，「大」器無用。

166. **下下又下下，**

下又下之下國——

涼快無上啊！

下下も下下下下の下国の涼しさよ　（1813）

gege mo gege / gege no gekoku no / suzushisa yo

> 譯註：此詩為一茶的奇詩、妙詩，連用了七個「下」
> 字，描寫他在偏遠信濃國鄉下地方，一個人泡湯時的
> 無上涼快（此俳句前書「於奧信濃泡湯」〔奧信濃に
> 湯浴みして〕）。

167. 前世我也許是
你的表兄弟——
啊布穀鳥

前の世のおれがいとこか閑古鳥　（1813）

mae no yo no / ore ga itoko ka / kankodori

168. 在我家
老鼠有
螢火蟲作伴

我宿や鼠と仲のよい蛍　（1813）

waga yado ya / nezumi to naka no / yoi hotaru

169. 寒舍的跳蚤
消瘦得這麼快——
我之過也

庵の蚤不便やいつか痩る也　（1813）

io no nomi / fubin ya itsuka / yaseru nari

170. 即便是蚤痕，
在少女身上
也是美的

蚤の迹それもわかきはうつくしき　（1813）

nomi no ato / sore mo wakaki wa / utsukushiki

171. 夏蟬——

即便歡愛中途休息時間
也在歌唱

<ruby>夏<rt>なつ</rt></ruby>の<ruby>蝉<rt>せみ</rt></ruby><ruby>恋<rt>こい</rt></ruby>する<ruby>隙<rt>ひま</rt></ruby>も<ruby>鳴<rt>なき</rt></ruby>にけり　（1813）

natsu no semi / koi suru hima mo / naki ni keri

172. 慌忙逃跑的
蠹蟲，包括
雙親與孩子……

<ruby>逃<rt>にげ</rt></ruby>る<ruby>也<rt>なりし</rt></ruby><ruby>紙魚<rt>しみ</rt></ruby>が<ruby>中<rt>なか</rt></ruby>にも<ruby>親<rt>おや</rt></ruby>よ<ruby>子<rt>こ</rt></ruby>よ　（1813）

nigeru nari / shimi ga naka ni mo / oya yo ko yo

173. **在傍晚的月下**
    蝸牛
    袒胸露背……

夕月や大肌ぬいでかたつぶり　（1813）

yūzuki ya / ōhada nuide / katatsuburi

174. **如果有人來──**
    快偽裝成蛙吧,
    涼西瓜!

人来たら蛙になれよ冷し瓜　（1813）

hito kitara / kawazu ni nare yo / hiyashi uri

175. 死神將我
      遺留在這裡──
      秋日黃昏

死神により残されて秋の暮　　(1813)

shinigami ni / yorinokosarete / aki no kure

176. 對於虱子，
      夜一定也非常漫長，
      非常孤寂

虱ども夜永かろうぞ淋しかろ　　(1813)

shiramidomo / yonaga karō zo / sabishikaro

肚子上

練習寫漢字：

漫漫長夜

腹の上に字を書きならふ夜永哉　（1813）

hara no ue ni / ji wo kakinarau / yonaga kana

> 譯註：單身的日本詩人一茶，漫漫長夜裡練習寫筆畫
> 繁多的中國字，以排遣寂寞、去慾入眠。此亦中華文
> 化之功，中日文化交流之重大成就也！

178. **美哉，紙門破洞，**
別有洞天
看銀河！

うつくしやしようじの穴の天の川　（1813）

utsukushi ya / shōji no ana no / ama no gawa

179. **小孩大哭──**
吵著要摘取
中秋之月

名月を取てくれろと泣く子哉　（1813）

meigetsu wo / totte kurero to / naku ko kana

180. 山村——

中秋滿月

甚至來到湯碗中

山里は汁の中迄名月ぞ　（1813）

yamazato wa / shiru no naka made / meigetsu zo

181. **我的手腳**

細瘦如鐵釘——

啊，秋風

鉄釘のやうな手足を秋の風 （1813）

kanakugi no / yōna teashi wo / aki no kaze

182. **在清晨的**

露珠中練習

謁見淨土……

朝露に浄土参りのけいこ哉 （1813）

asa tsuyu ni / jōdo mairi no / keiko kana

183. 無需喊叫，
雁啊不管你飛到哪裡，
都是同樣的浮世

鳴<ruby>な<rt>なく</rt></ruby>雁<rt>かり</rt>どつこも同<rt>おな</rt>じうき世<rt>よ</rt>ぞや　（1813）

naku na kari / dokko mo onaji / ukiyo zoya

184. 雪輕飄飄輕飄飄地
飛落──看起來
很可口

むまさうな雪<rt>ゆき</rt>がふうはりふはり哉<rt>かな</rt>　（1813）

umasōna / yuki ga fūwari / fuwari kana

151

185. 雁與鷗
大聲吵嚷著——
「這是我的雪！」

かりかもめ　　　　ゆき　　　　　　かな
雁 鴎 おのが雪とてさわぐ哉　　（1813）

kari kamome / ono ga yuki tote / sawagu kana

> 譯註：此句亦可視為一茶與異母弟仙六爭亡父遺產之
> 影射。

186. 聽不見
村裡的鐘聲——
滿園冬雪

わがさと　　かね　　き　　　　　ゆき　　そこ
我郷の鐘や聞くらん雪の底　　（1813）

waga sato no / kane ya kikuran / yuki no soko

187. 這是我的年糕

這也是我的年糕……

一整列都是呢

あこが餅あこが餅とて並べけり （1813）

ako ga mochi / ako ga mochi tote / narabe keri

> 譯註：此詩以孩童口吻，寫期待擁有母親所做全部年
> 糕的孩童的渴切心情。

188. 茶花叢裡

麻雀

在玩捉迷藏嗎

茶の花に隱んぼする雀哉 （1813）

cha no hana ni / kakurenbo suru / suzume kana

189. **貓頭鷹！抹去你**
臉上的愁容──
春雨

梟 も面癖直せ春の雨　（1814）

fukurō mo / tsuraguse naose / haru no ame

190. **雪融了，**
滿山滿谷都是
小孩子

雪とけて村一ぱいの子ども哉　（1814）

yuki tokete / mura ippai no / kodomo kana

191. **烏鴉踱步，**

彷彿在

犁田⋯⋯

畠打の真似して歩く烏 哉　（1814）

hata uchi no / mane shite aruku / karasu kana

192. **來和我玩吧，**

無爹無娘的

小麻雀

我と来てあそぶや親のない雀　（1814）

ware to kite / asobu ya oya no / nai suzume

> 譯註：此詩書寫六歲時的一茶，在平凡的語言中，表
> 現了孤兒對孤兒的同情，據說當時一茶穿著舊衣，孤
> 坐一旁，遠遠看著其他穿著年節新衣嬉戲的孩童。

193. 黄鶯

用梅花

拭淨腳上的泥

<ruby>鶯<rt>うぐいす</rt></ruby> や<ruby>泥足<rt>どろあし</rt></ruby>ぬぐふ<ruby>梅<rt>うめ</rt></ruby>の<ruby>花<rt>はな</rt></ruby>　（1814）

uguisu ya / doro ashi nuguu / ume no hana

194. 即便一根草

也迎有

涼風落腳

<ruby>一本<rt>いっぽん</rt></ruby>の<ruby>草<rt>くさ</rt></ruby>も<ruby>涼風<rt>すずかぜ</rt></ruby>やどりけり　（1814）

ippon no / kusa mo suzukaze / yadori keri

195. **炎夏三伏天的雲**

　　一下子變成鬼，

　　一下子變成佛⋯⋯

鬼と成り仏となるや土用雲　（1814）

oni to nari / hotoke to naru ya / doyōgumo

196. **半百當女婿，**
以扇
羞遮頭

五十智天窓をかくす扇かな　（1814）

go jū muko / atama wo kakasu / ōgi kana

> 譯註：一茶五十二歲（1814 年 4 月）始結婚，遂有
> 此妙詩。

197. **成群的蚊子──**
但少了它們，
卻有些寂寞

蚊柱や是もなければ小淋しき　（1814）

kabashira ya / kore mo nakereba / ko sabishiki

198. 一邊打蒼蠅
一邊念
南無阿彌陀佛

蠅一つ打てはなむあみだ仏哉 （1814）

hae hitotsu / utte wa namu ami / dabutsu kana

199. 露珠四散——
今天，一樣播撒
地獄的種子

露ちるや地獄の種をけふもまく （1814）

tsuyu chiru ya / jigoku no tane wo / kyō mo maku

200. 單純地說著

信賴……信賴……

露珠一顆顆掉下

只^{ただたの}頼め頼^{たの}めと露^{つゆ}のこぼれけり　（1814）

tada tanome / tanome to tsuyu no / kobore keri

譯註：露珠也念佛，露珠念佛即可安往淨土乎……

201. 晨霧

從大佛的鼻孔

出來……

大仏^{だいぶつ}の鼻^{はな}から出^でたりけさの霧^{きり}　（1814）

daibutsu no / hana kara detari / kesa no kiri

202. 蟋蟀，翹起鬍鬚，
自豪地
高歌……

きりぎりす ひげ　　　　　　なき
蟋 髭をかつぎて鳴にけり　（1814）

kirigirisu / hige wo katsugite / naki ni keri

203. 輕輕蓋在
酣睡的狗身上——
啊，一片葉子

ね た いぬ　　　　　　　　　　ひ と は かな
寝た犬にふはとかぶさる一葉哉　（1814）

neta inu ni / fuwa to kabusaru / hito ha kana

204. **不是鬼，**
    不是菩薩──
    只是一隻海參啊

鬼もいや菩薩もいやとなまこ哉　（1814）
oni mo iya / bosatsu mo iya to / namako kana

205. **拔白蘿蔔的男子**
    用一根白蘿蔔
    為我指路

大根引大根で道を教へけり　（1814）
daiko hiki / daiko de michi wo / oshie keri

206. **俺的世界——**

那邊那些草，做成了

俺家的草味年糕

おらが世やそこらの草も餅になる　（1815）

oraga yo ya / sokora no kusa mo / mochi ni naru

207. **我的菊妻啊，**

全不在乎她自己的

衣著舉止

我菊や形にもふりにもかまはずに　（1815）

waga kiku ya / nari ni mo furi ni mo / kamawazu ni

> 譯註：一茶五十二歲時告別單身，娶二十八歲的菊為
> 妻，相當愛她，也頗喜歡她大而化之的個性。

208. 請就位觀賞

我的尿瀑布——

來呀，螢火蟲

小便の滝を見せうぞ来よ蛍　（1815）

shōben no / taki wo mishō zo / ko yo hotaru

209. 幸得扇

扇風，轉眼——

啊，竟失之

貰よりはやくおとした扇哉　（1815）

morau yori / hayaku otoshita / ōgi kana

210. 我屋前的小溪
讓西瓜
更清涼可口

我庵や小川をかりて冷し瓜　（1815）

waga io ya / ogawa wo karite / hiyashi uri

211. 一粒米飯
沾黏於鼻頭──
貓戀愛了

鼻先に飯粒つけて猫の恋　（1815）

hana saki ni / meshi tsubu tsukete / neko no koi

柴門上

代替鎖的是──

一隻蝸牛

柴門や錠のかはりの蝸牛 （1815）

shiba kado ya / jō no kawari no / katatsuburi

> 譯註：此詩讓人想起陶淵明的「門雖設而常開」，但
> 更加豁達、生動。對照今日都市叢林裡層層圍銬的鐵
> 門巨鎖，樹枝編成的家門上，志願充當守衛的這隻蝸
> 牛多麼可愛啊。

213. 地獄圖裡的
圍欄上，一隻
雲雀歌唱

地獄画の垣にかゝりて鳴雲雀 （1815）

jigoku e no / kaki ni kakarite / naku hibari

214. 瘦青蛙，
別輸掉，
一茶在這裡！

瘦 蛙まけるな一茶是に有 （1816）

yasegaeru / makeru na issa / kore ni ari

> 譯註：日本舊有鬥蛙之習，這是一茶看到一隻瘦小的
> 青蛙和一隻肥胖的青蛙比鬥時，所寫的為其吶喊、加
> 油之詩。

215. 啊，小蝴蝶，
來來去去數著澡池裡
一顆一顆頭……

湯入<ruby>衆<rt>しゅう</rt></ruby>の<ruby>頭<rt>あたま</rt></ruby>かぞへる<ruby>小<rt>こ</rt></ruby>てふ<ruby>哉<rt>かな</rt></ruby>　（1816）

yu iri shū no / atama kazoeru / ko chō kana

216. 今年夏天
連我茅屋上的草
都變瘦了

<ruby>我庵<rt>わがいお</rt></ruby>は<ruby>草<rt>くさ</rt></ruby>も<ruby>夏痩<rt>なつやせ</rt></ruby>したりけり　（1816）

waga io wa / kusa mo natsuyase / shitari keri

169

217. **何其有幸！**
也被今年的蚊子
盡情叮食

目出度さはことしの蚊にも喰れけり　（1816）

medetasa wa / kotoshi no ka ni mo / kuware keri

218. **臉上仰**
墜落，依然歌唱──
秋蟬

仰のけに寝て鳴にけり秋の蟬　（1816）

aonoke ni / nete naki ni keri / aki no semi

219. 蟋蟀的叫聲

遮蔽了夜裡我在

尿瓶裡尿尿的聲音……

　蚕　尿瓶のおともほそる夜ぞ　（1816）

kirigirisu / shibin no oto mo / hosoru yo zo

220. 啊，這人世──

竟連在葉子上寫詩

也被責備！

人の世や木の葉かくさへ叱らるる　（1816）

hito no yo ya / ko no ha kaku sae / shikararuru

221. **冬日幽居：**
冬季放屁奧運會
又開始了⋯⋯

屁くらべが又始るぞ冬篭　（1816）

he kurabe ga / mata hajimaru zo / fuyugomori

> 譯註：由國際奧林匹克委員會主辦的「冬季奧林匹克
> 運動會」（簡稱冬季奧運會）開始於一九二四年，應
> 與寫作於一八一六年的一茶此詩無關。譯詩中「奧
> 運」兩字，亦可作「奧秘、隱秘運送」解。

在我家，

元旦

從中午才開始

我門は昼過からが元日ぞ （1817）

waga kado wa / hiru sugi kara ga / ganjitsu zo

> 譯註：此詩或可見一茶作為一個自由寫作者勤奮恣意
> （熬夜寫作？）又懶散自在（隨興晏起？）的生活情
> 貌，或者年過半百始為人夫的一茶豐富的夫妻夜生
> 活、晨生活。

223. **放假回家，剛**

入門，未見雙親

先垂淚的佣人們……

<ruby>薮<rt>やぶいり</rt></ruby>入や涙 先立人の親　（1817）

yabuiri ya / namida sakidatsu / hito no oya

> 譯註：日語「薮入」，正月或盂蘭盆節，佣人請假回
> 家的日子。

224. **睡醒後**

打個大呵欠——

貓又去談戀愛了

<ruby>寝<rt>ね</rt></ruby>て<ruby>起<rt>おき</rt></ruby>て<ruby>大欠<rt>おおあくび</rt></ruby>して<ruby>猫<rt>ねこ</rt></ruby>の<ruby>恋<rt>こい</rt></ruby>　（1817）

nete okite / ōakubi shite / neko no koi

225. 東張西望，東張西望，
你掉了什麼東西嗎，
鷦鷯？

きよろきよろきよろきよろ何をみそさざい （1817）

kyorokyoro / kyorokyoro nani wo / misosazai

> 譯註：一茶此詩重疊使用擬態詞「きよろきよろ」（音
> kyorokyoro，東張西望、四下張望之意），形容鷦鷯
> 不安的樣子，念起來頗滑稽有趣。

226. 一代一代開在
這貧窮人家籬笆——
啊，木槿花

代々の貧乏垣の木槿哉 （1817）

daidai no / binbō kaki no / mukuge kana

227. **躺著**

像一個「大」字，

遙看雲峰

大の字に寝て見たりけり雲の峰　（1817）

dai no ji ni / nete mitari keri / kumo no mine

> 譯註：一茶一八一三年有俳句「躺著像一個『大』字，
> 涼爽但寂寞啊」（本書第 165 首），頗似此句，但心
> 情有別——在有限的形式裡做細微的變化、變奏，
> 即俳句的藝術特質之一。

228. **下雪天——**

在盆灰裡

練習寫字……

雪の日や字を書習ふ盆の灰　（1817）

yuki no hi ya / ji wo kakinarau / bon no hai

229.　一年又春天——
彌太郎成了
詩僧一茶

春立や弥太郎改め一茶坊　（1818）

haru tatsu ya / yatarō aratame / issabō

> 譯註：一茶在他《寬政三年紀行》一作開頭說：「信
> 濃國中有一隱士。胸懷此志，將宇宙森羅萬象置放
> 於一碗茶中，遂以『一茶』為名。」寬政三年為
> 一七九一年，如果一茶從此年開始「認證」自己是俳
> 諧師「一茶坊」，那麼這首一八一八年俳句追憶的就
> 是二十七年前之事了。

230. **梅花燦開——**

紙窗上

貓的影子

梅咲やせうじに猫の影法師　（1818）

ume saku ya / shōji ni neko no / kagebōshi

231. **張開嘴說出**

「好漫長的一天」——

一隻烏鴉

ばか長い日やと口明く烏哉　（1818）

baka nagai hi / ya to kuchi aku / karasu kana

232. 月亮匆匆一瞥，
鶯聲短暫一現——
良夜已過！

月ちらり鶯ちらり夜は明ぬ　（1818）

tsuki chirari / uguisu chirari / yo wa akenu

233. 暗中來，
暗中去——
貓的情事

闇より闇に入るや猫の恋　（1818）

kuraki yori / kuraki ni iru ya / neko no koi

234. 問她幾歲啦，

五根手指伸出，

穿著夏天和服的幼童

としとへば片手出す子や更衣 （1818）

toshi toeba / katate dasu ko ya / koromogae

235. **她一邊哺乳，**
一邊細數
她孩子身上的蚤痕

蚤の跡かぞへながらに添乳哉 （1818）

nomi no ato / kazoe nagara ni / soeji kana

> 譯註：此詩寫妻子哺育女兒的情景，隱含不捨嬰孩被
> 跳蚤叮咬的濃濃母愛。

236. 閃電──
蟾蜍一臉
關它屁事的表情

稲妻や屁とも思はぬひきが顔　（1818）

inazuma ya / he to mo omowanu / hiki ga kao

237. 小馬突出
牠的嘴巴──
紅柿葉

馬の子や口さん出すや柿紅葉　（1818）

uma no ko ya / kuchi sandasu ya / kaki momiji

238. 尿尿後——
用斜落的陣雨
洗手

小便に手をつく供や横時雨　（1818）

shōben ni / te wo tsuku tomo ya / yoko shigure

239. 我今天不敢
看花——害怕
我的來世

けふは花見まじ未来がおそろしき　（1818）

kyō wa hana / mimaji mirai ga / osoroshiki

240. **何喜何賀？**
馬馬虎虎也，
俺的春天

目出度<ruby>めでた</ruby>さもちう位<ruby>くらいなり</ruby>也おらが春<ruby>はる</ruby>　（1819）

medetasa mo / chū kurai nari / oraga haru

> 譯註：此詩寫於一八一九年新春。一茶長男千太郎於
> 一八一六年四月出生，但未滿月即夭折，而長女聰
> 於一八一八年五月出生。此詩可見一茶對生命、生
> 活隨遇而安的曠達態度。一茶絕沒有想到愛女會在
> 一八一九年六月死去，而自己會寫一本以此詩結尾的
> 「俺的春天」（おらが春）為名的俳文集追念她。

241. **又爬又笑──**
從今天早上起，
兩歲啦！

這へ笑へ二ッになるぞけさからは　（1819）

hae warae / futatsu ni naru zo / kesa kara wa

> 譯註：據一茶《俺的春天》一書所述，此詩應為文政
> 二年（1819）元旦之作。一八一八年五月，一茶長女
> 聰出生。此詩所說的「兩歲」為虛歲。

242.　一隻烏鴉，代表
　　　我，在元旦
　　　早上的水裡洗澡

名 代のわか水浴びる烏哉　　（1819）

myōdai no / wakamizu abiru / karasu kana

243.　向我挑戰
　　　比賽瞪眼——
　　　一隻青蛙

おれとして白眼くらする蛙かな　　（1819）

ore to shite / niramekura suru / kawazu kana

244. 好涼快啊！
這裡一定是
極樂淨土的入口

涼しさや極楽浄土の這入口 （1819）

suzushisa ya / gokuraku jōdo no / hairiguchi

245. 晝寢老半天──
啊，迄今
未受罰！

今迄は罪もあたらぬ昼寝哉 （1819）

ima made wa / tsumi mo ataranu / hirune kana

246. 魚不知

身在桶中——

在門邊涼快著

魚どもや桶ともしらで門涼み （1819）

uo domo ya / oke to mo shirade / kado suzumi

247. **一尺長的瀑布**
聲，就讓
黃昏涼起來了

一尺の滝も音して夕涼み　（1819）

isshaku no / taki mo oto shite / yūsuzumi

> 譯註：此詩為極妙的「聯覺」（通感）詩，一尺長的
> 瀑布的「聲音」（聽覺），就讓人身體降溫、倍覺涼
> 爽了。陳黎也有一瀑布俳句，《小宇宙》第二十四首
> ——「一條小瀑布懸掛在山腰處／水細聲小／一條小
> 瀑布清涼了整個夜晚」，恐是效一茶之顰。

248. **小孩子模仿鸕鶿，**
比鸕鶿
還像鸕鶿

鵜の真似は鵜より上手な子供哉　（1819）

u no mane wa / u yori jyōzuna / kodomo kana

249. **蟾蜍！一副**
能嘔出
雲朵的模樣

雲を吐く口つきしたり引蟇　（1819）

kumo wo haku / kuchi tsukishitari / hikigaeru

250. 一人，

一蠅，

一個大房間

人一人蠅も一つや大座敷 （1819）

hito hitori / hae mo hitotsu ya / ōzashiki

251. 故鄉的

蒼蠅也會

刺人啊

古鄉は蠅すら人をさしにけり （1819）

furusato wa / hae sura hito wo / sashi ni keri

252. 「狗狗，過來

過來！」——

蟬這麼叫著

狗 にここへ来よとや蟬の声　（1819）
えのころ　　　こ　　　せみ　こえ

enokoro ni / koko e koyo to ya / semi no koe

> 譯註：此詩日文讀音出現一些個「ko」的諧音字，念
> 起來童趣十足。

253. 再而三地逗弄

逗弄我們——

一隻飛螢

二三遍人をきよくつて行蛍　（1819）
に　さんべんひと　　　　　　ゆくほたる

ni san ben / hito wo kyokutte / yuku hotaru

194

254. **以為我的衣袖是**
　　 你爹你娘嗎？
　　 逃跑的螢火蟲

我袖を親とたのむか逃ぼたる　（1819）

waga sode wo / oya to tanomu ka / nigebotaru

255. **被擦鼻紙包著——**
　　 螢火蟲
　　 依然發光

鼻紙に引つつんでもほたるかな　（1819）

hanagami ni / hittsutsunde mo / hotaru kana

256. **小麻雀啊，**

快往旁邊站！

馬先生正疾馳而過

雀の子そこのけそこのけ御馬が通る　（1819）

suzume no ko / soko noke soko noke / ouma ga tōru

257. **跳蚤啊，**

你若要跳，

就跳到蓮花上吧！

とべよ蚤同じ事なら蓮の上　（1819）

tobe yo nomi / onaji koto nara / hasu no ue

258. **以扇為尺**

   　　量花身：

   　　好一朵牡丹！

扇<ruby>おうぎ</ruby>にて尺<ruby>しゃく</ruby>を取<ruby>とり</ruby>たるぼたん哉<ruby>かな</ruby> （1819）

ōgi nite / shaku wo toritaru / botan kana

259. **你指出這些梅花**

   　　是要我們出手偷嗎，

   　　月亮？

梅<ruby>うめ</ruby>の花<ruby>はな</ruby>ここを盗<ruby>ぬす</ruby>めとさす月<ruby>つき</ruby>か （1819）

ume no hana / koko wo nusume to / sasu tsuki ka

260. **第一聲蟬鳴：**

「看看浮世！

看哪！看哪！」

はつ蟬のうきを見ん見んみいん哉　（1819）

hatsu semi no / uki wo min min / miin kana

261. **在盛開的**

櫻花樹下，沒有人

是異鄉客

花の陰赤の他人はなかりけり　（1819）

hana no kage / aka no tanin wa / nakari keri

262. **露珠的世界是**
露珠的世界，
然而，然而⋯⋯

<ruby>露<rt>つゆ</rt></ruby>の<ruby>世<rt>よ</rt></ruby>は<ruby>露<rt>つゆ</rt></ruby>の<ruby>世<rt>よ</rt></ruby>ながらさりながら　（1819）

tsuyu no yo wa / tsuyu no yo nagara / sari nagara

> 譯註：一茶長女聰出生於一八一八年五月，但不幸於一八一九年六月過世，一茶甚悲，於一年間寫作了俳文集《俺的春天》，記述愛女之生與死，真切感人，可謂其代表作。此為收錄於其中的一首絕頂簡單又無盡悲傷的俳句。

263. 在門口，
親切地揮手──
那棵柳樹……

入^{いりぐち}口のあいそになびく柳^{やなぎ}かな　（1819）

iriguchi no / aiso ni nabiku / yanagi kana

> 譯註：一茶因與繼母及同父異母弟仙六間的亡父遺產
> 紛爭，多年來漂泊在外，有家歸不得。因此一八一三
> 年元月，紛爭解決，家中屋子一分為二由一茶與仙六
> 分住後，家門口那棵柳樹，在一茶眼中，彷彿也親切
> 揮手，歡迎他回來……

264. **秋風：**
啊，以前她喜歡摘的
那些紅花

秋風やむしりたがりし赤い花 （1819）

aki kaze ya / mushiritagarishi / akai hana

> 譯註：一茶此俳句前書「さと女卅五日墓」，為長女
> 聰死後三十五日，一茶於其墓前悼念她之作。

265. **蟬唧唧叫著──**
如此熾烈之紅的
風車

せみなくやつくづく赤い風車 （1819）

semi naku ya / tsukuzuku akai / kazaguruma

> 譯註：此詩亦為悼念早夭的長女之作。

266. **中秋之月──**

她會爬向我的餐盤，

如果她還在

名月や膳に這よる子があらば　（1819）

meigetsu ya / zen ni haiyoru / ko ga araba

| 譯註：一茶於中秋夜懷念六月間夭折的長女之作。

267. **他們叫我這鄉下人**
「椋鳥」——
冷啊

椋鳥と人に呼ばるる寒さかな　（1819）

mukudori to / hito ni yobaruru / samusa kana

> 譯註：一茶此俳句前書「江戶道中」，為回憶當年旅
> 居江戶，被當地人以鄙夷口吻譏待之作。

268. **冬日寒風：**
在二十四文錢的
妓女戶裡

木がらしや廿四文の遊女小家　（1819）

kogarashi ya / ni jŭ shi mon no / yūjogoya

> 譯註：此詩描述一茶浪跡在外時，寒冬之夜曾一宿的
> 收費二十四文錢的最廉價「遊女小家」（賣春戶）。

269. 無功

亦無過：

冬日幽居

能なしは罪も又なし冬籠　（1819）

nō nashi wa / tsumi mo mata nashi / fuyugomori

270. 兩隻鹿

互舔彼此身上

今晨之霜

さをしかやゑひしてなめるけさの霜　（1819）

saoshika ya / eishite nameru / kesa no shimo

> 譯註：此詩書寫冬日早晨，兩隻鹿因冷，互舔去身上
> 之霜取暖，相濡以沫的動人場景。

271. 春雨——
一個小孩
在教貓跳舞

春雨や猫におどりををしへる子　（1820）

harusame ya / neko ni odori wo / oshieru ko

272. 遠山
在它眼裡映現——
一隻蜻蜓

遠山が目玉にうつるとんぼ哉　（1820）

tōyama ga / medama ni utsuru / tonbo kana

273. 一只美麗的風箏
在乞丐寮棚上空
高飛

美しき凧上りけり乞食小屋　（1820）

utsukushiki / tako agari keri / kojikigoya

274. 花影下
髮髭俱白的
老友們

髮髭も白い仲間や花の陰　（1820）

kami hige mo / shiroi nakama ya / hana no kage

207

275. 剛好在我熄燈時

過來——

一隻虎蛾

けしてよい時は来る也火取虫 （1820）

keshite yoi / toki wa kuru nari / hitorimushi

276. 個個長壽——

這個窮村莊內的蒼蠅，

跳蚤，蚊子

長生の蠅よ蚤蚊よ貧乏村 （1820）

nagaiki no / hae yo nomi ka yo / binbo mura

277. 世上鳴蟲亦如此：

有些歌喉讚，

有些歌聲不怎麼樣

世の中や鳴虫にさい上づ下手　（1820）

yo no naka ya / naku mushi ni sae / jyōzu heta

278. 蟋蟀──

即便要被賣了

仍在鳴唱

蛬 身を売れても鳴にけり　（1820）

kirigirisu / mi wo urarete mo / naki ni keri

279. 母親總是先把
　　　柿子最苦的部分
　　　吃掉

渋い所母が喰いけり山の柿　（1820）

shibui toko / haha ga kui keri / yama no kaki

280. 一泡尿
　　　鑽出一直穴——
　　　門口雪地上

真直な小便穴や門の雪　（1820）

massuguna / shōben ana ya / kado no yuki

281. 元旦日——
在紅塵繁花中的
我們

<ruby>元日<rt>がんじつ</rt></ruby>や<ruby>我等<rt>われら</rt></ruby>ぐるめに<ruby>花<rt>はな</rt></ruby>の<ruby>娑婆<rt>しゃば</rt></ruby>　（1821）

ganjitsu ya / warera gurume ni / hana no shaba

> 譯註：日語原詩中「娑婆」兩字，為佛教對人類所住
> 世界——人間、人世之稱呼。

282. **熱氣蒸騰──**

他的笑臉

在我眼中縈繞……

陽炎や目につきまとふ笑い顔 （1821）
かげろう め わら がお

kagerō ya / me ni tsukimatō / waraigao

> 譯註：此詩為悼於前一年（1820）十月出生，於
> 一八二一年一月在母親背上窒息致死的一茶次男石太
> 郎之作。

283. **穿過花的暴風雪──**

一雙雙沾滿爛泥的

草鞋……

花ふぶき泥わらんじで通りけり （1821）
はな どろ とお

hana fubuki / doro waranji de / tōri keri

284. **涼風的**

淨土

即我家

涼風の浄土 則 我家哉 （1821）

suzukaze no / jōdo sunawachi / waga ya kana

285. **蝸牛**

就寢，起身，

依自己的步調

でで虫の其身其まま寝起哉 （1821）

dedemushi no / sono mi sono mama / neoki kana

286. **別打那蒼蠅，**
它搾手扭腳
向你乞饒呢

やれ打な蠅が手をすり足をする　（1821）

yare utsuna / hae ga te wo suri / ashi wo suru

287. **蚊子又來我耳邊──**
難道它以為
我聾了？

一ツ蚊の聾と知て又来たか　（1821）

hitotsu ka no / tsunbo to shitte / mata kitaka

288.　山中的蚊子啊，

　　　一生都沒嘗過

　　　人味……

人味を知らずに果る山蚊哉　（1821）

hitoaji wo / shirazuni hateru / yamaka kana

289.　我家隔壁——

　　　是跳蚤的

　　　大本營啊！

我宿は蚤捨藪のとなり哉　（1821）

waga yado wa / nomi sute yabu no / tonari kana

290. **屋角的蜘蛛啊，**
別擔心，
我懶得打掃灰塵……

<ruby>隅<rt>すみ</rt></ruby>の<ruby>蜘蛛<rt>くも</rt></ruby><ruby>案<rt>あん</rt></ruby>じな<ruby>煤<rt>すす</rt></ruby>はとらぬぞよ　（1821）

sumi no kumo / anjina susu wa / toranu zo yo

291. **初雪——**
一、二、三、四
五、六人

<ruby>初雪<rt>はつゆき</rt></ruby>や<ruby>一二三四五六人<rt>いちにいさんしごろくにん</rt></ruby>　（1821）

hatsu yuki ya / ichi ni san shi / go roku nin

> 譯註：此詩以簡單的數字層遞，展現一年新雪初落，
> 聞訊的人們一個接一個欣喜步出家門的充滿動感的
> 畫面。

216

292. **期滿更換工作的佣工，**

沒真正見過江戶——

揮著斗笠告別……

出代や江戸をも見ずにさらば笠　（1822）

degawari ya / edo wo mo mizu ni / sarabagasa

> 譯註：日語「出代」，日本江戶時代佣工期滿或被解
> 雇時的更換。

293. 從大佛的鼻孔，
一隻燕子
飛出來哉

大仏の鼻から出たる乙鳥哉　（1822）

daibutsu no / hana kara detaru / tsubame kana

294. 六十年
無一夜跳舞──
啊盂蘭盆節

六十年踊る夜もなく過しけり　（1822）

rokujū nen / odoru yo mo naku / sugoshi keri

> 譯註：此處之舞指盂蘭盆節「盆踊」，盂蘭盆節晚上
> 男男女女和著歌曲所跳之舞。

295.　蟲兒們，別哭啊，
　　　即便相戀的星星
　　　也終須一別

鳴な虫別るゝ恋はほしにさへ　（1822）

naku na mushi / wakaruru koi wa / hoshi ni sae

│　譯註：「相戀的星星」概指牛郎、織女星。

296.　啊，繫在小雄鹿
　　　角上──
　　　一封信

さをしかの角に結びし手紙哉　（1822）

saoshika no / tsuno ni musubishi / tegami kana

297. 隨落水的斷枝
漂流而下，
昆蟲仍一路唱著歌呢

鳴ながら虫の乗行浮木かな　（1822）

naki nagara / mushi no noriyuku / ukigi kana

298. 與老松為友，
我們二人
不知老之將至……

老松と二人で年を忘れけり　（1822）

oi matsu to / futari de toshi wo / wasure keri

299. **一年又春天——**

啊，愚上

又加愚

春立_{はるたつ}や愚_ぐの上_{うえ}に又_{また}愚_ぐにかへる （1823）

haru tatsu ya / gu no ue ni mata / gu ni kaeru

> 譯註：此詩寫於文政六年（1823）新春，一茶述自己
> 「還曆」（花甲，虛歲 61 歲）之感。

221

300. 嬰孩抓握

母親的乳房──

今年第一個笑聲

片乳を握りながらやはつ笑ひ　（1823）

kata chichi wo / nigiri nagara ya / hatsu warai

> 譯註：此詩描寫前一年（1822）三月出生的一茶三男
> 金三郎的初次新年。

301. 籠中鳥

羨慕蝴蝶──

看其眼便知！

籠の鳥 蝶をうらやむ目つき哉　（1823）

kago no tori / chō wo urayamu / metsuki kana

222

302. 有人的地方，
就有蒼蠅，
還有佛

人有れば蠅あり仏ありにけり　（1823）

hito areba / hae ari hotoke / ari ni keri

303. 紙門上
裝飾的圖案——
蒼蠅屎

から紙のもやうになるや蠅の屎　（1823）

karakami no / moyō ni naru ya / hae no kuso

304. 小孩子的
笑聲——秋暮
昏暗

おさな子や笑ふにつけて秋の暮　（1823）

osanago ya / warau ni tsukete / aki no kure

譯註：一八二二年三月，一茶三男金三郎出生。
一八二三年五月，妻子菊病逝。此詩寫愛妻死後的秋
日傍晚，屋內傳出幼兒笑聲，而忽然天色暗下⋯⋯

305. **我那愛嘮叨的妻啊，**
恨不得今夜她能在眼前
共看此月

小言いふ相手もあらばけふの月 （1823）

kogoto yū / aite mo araba / kyō no tsuki

> 譯註：此詩追憶五月間，以三十七歲之齡病逝的妻
> 子菊。

306. **秋日薄暮中**
只剩下一面牆
聽我發牢騷

小言いふ相手は壁ぞ秋の暮 （1823）

kogoto yū / aite wa kabe zo / aki no kure

> 譯註：此詩亦為追憶亡妻之作。

225

307. 老狗
領路──
到墓園祭拜

古犬が先に立也はか参り （1823）

furu inu ga / saki ni tatsu nari / hakamairi

308.　紅蜻蜓——

你是來超度我輩

罪人嗎？

罪人<ruby>を<rt></rt></ruby>済度に入るか赤とんぼ　（1823）

zaijin wo / saido ni ireru ka / aka tonbo

309.　冬日閉門不出——

毀謗會

開議了……

人誹る会が立なり冬籠　（1823）

hito soshiru / kai ga tatsunari / fuyugomori

310. **就像當初一樣，**

單獨一個人弄著

過年吃的年糕湯……

もともとの一人前ぞ雑煮膳　（1823）
　　　　　いちにんまえ　ぞうにぜん

motomoto no / ichininmae zo / zōni zen

> 譯註：此句應寫於一八二三年底或一八二四年初。
> 一八一四年，五十二歲的一茶與菊結婚後，生了三男
> 一女。妻子菊於一八二三年五月病逝，四個孩子也先
> 後夭折，故寫作此句時，一茶又彷彿回到十年前單身
> 一人做過年的年糕湯的情境。

311.　新年首次做的夢裡
　　　貓也夢見了
　　　富士山吧？

初夢に猫も不二見る寝やう哉　（1824）

hatsu yume ni / neko mo fuji miru / neyō kana

312.　以花叢為地毯的
　　　牠的秘密通路──
　　　一隻日本貓

通路も花の上也やまと猫　（1824）

kayoiji mo / hana no ue nari / yamato neko

313. **歡歡喜喜，**
老樹與新葉
做朋友……

いそいそと老木もわか葉仲間哉　（1824）

isoiso to / oiki mo wakaba / nakama kana

314. **混居一處──**
瘦蚊，瘦蚤，
瘦小孩……

ごちやごちやと瘦蚊やせ蚤やせ子哉　（1824）

gochagocha to / yase ka yase nomi / yasego kana

315. 一隻蒼蠅、兩隻蒼蠅……
我睡覺的榻榻米變成了
觀光勝地！

蠅一ッ二ッ寝蓙の見事也 （1824）
<small>はえひと ふた ねござ みごとなり</small>

hae hitotsu / futatsu negoza no / migoto nari

316. 黃鶯為我
也為神佛歌唱——
歌聲相同

鶯や御前へ出ても同じ声 （1824）
<small>うぐいす ごぜん で おな こえ</small>

uguisu ya / gozen e dete mo / onaji koe

231

317. 冬日寒天——
何處是這流浪的乞丐
跨年之地？

寒空のどこでとしよる旅乞食 （1824）
samuzora no / doko de toshiyoru / tabi kojiki

譯註：一生困頓，行將六十三歲的一茶，將自己比做
在歲末時不知往何方尋無憂食宿之地的乞丐。

318. 冬風好心清掃
我家門前
塵土垃圾

木がらしの掃てくれけり門の芥 （1824）
kogarashi no / haite kure keri / kado no gomi

319. **春雨日：**

聞混日，

俳句日……

めぐり日と俳諧日也春の雨 （1825）

meguri hi to / haikai hi nari / haru no ame

320. **前世之約嗎？**

小蝴蝶在我袖子裡

睡著了……

過去のやくそくかよ袖に寝小てふ （1825）

kako no yaku / soku ka yo sode ni / neru ko chō

233

321. **夜雖短，**

對於床上的我——

太長，太長！

短_{みじか} 夜_よも寝_ね余_{あま}りにけりあまりけり　　（1825）

mijika yo mo / ne amari ni keri / amari keri

> 譯註：一茶於一八二四年五月再婚，但八月即離婚，
> 離婚後不到一個月，六十二歲的一茶中風再發。對於
> 孤單獨眠、行動不便的臥床的一茶，夜真的「太長，
> 太長」。

322. **驟雨：**

赤裸的人騎著

赤裸的馬

<ruby>夕<rt>ゆうだち</rt></ruby>立や<ruby>裸<rt>はだか</rt></ruby>で<ruby>乗<rt>のり</rt></ruby>しはだか<ruby>馬<rt>うま</rt></ruby>　（1825）

yūdachi ya / hadaka de norishi / hadaka uma

> 譯註：此詩頗有二十世紀超現實主義的奇幻感，以及
> 未來主義式的動感。

小嬰孩吸著

圓扇的柄

代替母奶

団扇の柄なめるを乳のかはり哉　（1825）

uchiwa no e / nameru wo chichi no / kawari kana

> 譯註：一八二二年三月，一茶三男金三郎出生。五月，
> 妻子菊病逝。十二月，金三郎亦死。此句追憶先前夏
> 日裡，愛妻菊準備為兒餵奶，金三郎等不及先行吸吮
> 扇柄的有趣畫面。對比寫作此句時母子均已離世之情
> 況，讀之實讓人悲。

324. **良月也！**

在裡面──

跳蚤群聚的地獄

よい<ruby>月<rt>つき</rt></ruby>や<ruby>内<rt>うち</rt></ruby>へ<ruby>這入<rt>はい</rt></ruby>れば<ruby>蚤地獄<rt>のみじごく</rt></ruby> （1825）

yoi tsuki ya / uchi e haireba / nomi jigoku

325. **在我家：**

早中晚

霧霧霧……

<ruby>我宿<rt>わがやど</rt></ruby>は<ruby>朝霧昼霧夜霧哉<rt>あさぎりひるぎりよぎりかな</rt></ruby> （1825）

waga yado wa / asagiri hirugiri / yogiri kana

237

326. 春風輕吹：
原野上一頂接一頂的
淡藍色傘

春風や野道につゞく浅黄傘 （1826）

haru kaze ya / nomichi ni tsuzuku / asagigasa

327. 溫泉水氣
輕輕飄盪，飄盪
如蝶……

湯けぶりのふはふは蝶もふはり哉 （1826）

yu keburi no / fuwafuwa chō mo / fuwari kana

328. 疾行的雲
缺乏塑造雲峰的
見識

峰をなす分別もなし走り雲 （1826）

mine wo nasu / funbetsu mo nashi / hashiri kumo

329. 在盂蘭盆會燈籠的
火光裡我吃飯──
光著身體

灯篭の火で飯をくふ裸かな （1826）

tōrō no hi de / meshi wo kuu / hadaka kana

330. 看起來正在構思一首
星星的詩——
這隻青蛙

星の歌よむつらつきの蛙かな　（1826）

hoshi no uta / yomu tsura tsuki no / kawazu kana

331. 雪花紛紛降，
信濃的山臉色變壞
無心說笑……

雪ちるやおどけも云へぬ信濃山　（1826）

yuki chiru ya / odoke mo ienu / shinano yama

> 譯註：一茶的家鄉每年冬季大雪，三個月的「冬籠」
> （閉居）生活，不但讓居民起居不便，連信濃的山也
> 不爽。

332. 流水舞紋弄波
寫出一個個「心」字──
啊，梅花

心の字に水も流れて梅の花　（1827）

shin no ji ni / mizu mo nagarete / ume no hana

333. 放它去吧，
放它去！跳蚤
也有孩子

かまふなよやれかまふなよ子もち蚤　（1827）

kamau na yo / yare kamau na yo / ko mochi nomi

334. **火燒過後的土，**
熱哄哄啊熱哄哄
跳蚤鬧哄哄跳……

やけ土のほかりほかりや蚤さわぐ　（1827）

yake tsuchi no / hokarihokari ya / nomi sawagu

> 譯註：一八二七年六月，柏原大火，一茶房子被燒，
> 只得身居「土藏」（貯藏室）。但六十五歲（生命最
> 後一年）的一茶仍寫出這首借熱鬧的擬態語渲染出
> 的，帶著怪誕、奇突黑色幽默的俳句。

242

335. 乘著七夕涼意，
泡湯
飄然其爽……

七夕や涼しき上に湯につかる　（1827）

tanabata ya / suzushiki ue ni / yu ni tsukaru

> 譯註：家中遇火災之後，一八二七年盂蘭盆節前後，
> 一茶赴「湯田中溫泉」小住，作此詩。

336. 盂蘭盆會為祖靈送火──
很快，他們也會
為我們焚火

送り火や今に我等もあの通り　（1827）

okuribi ya / ima ni warera mo / ano tōri

> 譯註：此詩亦為盂蘭盆節期間，滯留於「湯田中溫泉」
> 時所作。

337. **我不要睡在**
花影裡──我害怕
那來世

花の影寝まじ未来が恐ろしき　（1827）

hana no kage / nemaji mirai ga / osoroshiki

> 譯註：此詩亦為火災後一茶生命最後階段之作。盂蘭
> 盆節後，一茶離開「湯田中溫泉」，乘竹轎巡迴於鄰
> 近地帶，於十一月八日回到柏原，十九日中風突發遽
> 逝。一茶在這首俳句的「前書」裡說他身為農民，卻
> 不事耕作，深恐死後會受罰。

338. **不死又如何——**

啊，僅及一隻龜的

百分之一

ああままよ生きても亀の百分の一　（1827?）

a a ma ma yo / ikitemo kame no / hyaku bun no ichi

> 譯註：此處所譯最後三首詩據說為一茶辭世之作，於
> 其臨終床枕下發現。但也有人認為是後世偽作。網羅
> 一茶全數俳句（22,000首）的日文網站「一茶の俳句
> データベース」（一茶俳句資料庫）裡，搜尋不到這
> 幾首俳句。

339. 生時盆裡洗洗，
死時盆裡洗洗，珍糞漢糞
糊裡糊塗一場……

盥から盥へ移るちんぷんかんぷん　（1827?）

tarai kara / tarai e utsuru / chinpunkanpun

> 譯註：日語「珍糞漢糞」（ちんぷんかんぷん），糊
> 裡糊塗、莫名其妙之意。

246

340. **謝天謝地啊，**

被子上這雪

也來自淨土⋯⋯

ありがたや衾の雪も浄土より　　（1827?）

arigata ya / fusuma no yuki mo / jōdo yori

譯註：此詩如果真為一茶死前最後之作，代表對「來世」有時不免有疑懼的一茶，仍嚮往淨土，仍信賴淨土。一如他先前說給花聽，說給露珠和自己聽的──「單純地信賴地飄然落下，花啊就像花一般⋯⋯」，「單純地說著信賴⋯⋯信賴⋯⋯露珠一顆顆掉下」。

附錄

一茶

於是我知道
什麼叫做一杯茶的時間

在擁擠嘈雜的車站大樓
等候逾時未至的那人
在冬日的苦寒中出現
一杯小心端過來的，滿滿的
熱茶
小心地加上糖，加上奶
輕輕攪拌
輕輕啜飲

你隨手翻開行囊中
那本短小的一茶俳句集：
「露珠的世界；然而
在露珠裡──爭吵……」
這嘈雜的車站是露珠裡的
露珠，滴在
愈飲愈深的奶茶裡

一杯茶

由熱而溫而涼

一些心事

由詩而夢而人生

如果在古代──

在章回小說或武俠小說的

世界──

那是在一盞茶的工夫

俠客拔刀殲滅圍襲的惡徒

英雄銷魂顛倒於美人帳前

而時間在現代變了速

約莫過了半盞茶的工夫

你已經喝光一杯金香奶茶

一杯茶

由近而遠而虛無

久候的那人姍姍來到

問你要不要再來一杯茶

陳黎 （1993）

251

一茶

於是我知道
什麼叫做一杯茶的時間

在擁擠嘈雜的車站大樓
等候逾時未至的那人
在冬日的苦寒中出現
一杯小心端過來的、滿滿的
熱茶
小心地加上糖，加上奶
輕輕攪拌
輕輕啜飲

你隨手翻開行囊中
那本短小的一茶俳句集：
「露珠的世界；然而
在露珠裡──爭吵……」
這嘈雜的車站是露珠裡的
露珠，浸在
愈飲愈深的奶茶裡

一杯茶
由熱而溫而涼
一些心事
由詩而夢而人生
如果在古代——
在章回小說或武俠小說的
世界——
那是在一盞茶的工夫
俠客拔刀殲滅圍攻的惡徒
英雄消魂顛倒於美人帳前

而時間在現代變了速
約莫過了半盞茶的工夫
你已經喝光一杯金香奶茶
一杯茶
由近而遠而虛無
久候的那人姍姍來到
問你要不要再來一杯茶

Muses

一茶三百句
小林一茶經典俳句選

作者：小林一茶
譯者：陳黎、張芬齡
發行人：王春申
總編輯：李進文
編輯指導：林明昌
責任編輯：林蔚儒
美術設計：吳郁嫻

業務經理：陳英哲
行銷企劃：葉宜如
出版發行：臺灣商務印書館股份有限公司
　　　　　23141 新北市新店區民權路 108-3 號 5 樓（同門市地址）
電話 ：(02)8667-3712　傳真：(02)8667-3709
讀者服務專線：0800056196
郵撥：0000165-1
E-mail：ecptw@cptw.com.tw
網路書店網址：www.cptw.com.tw
Facebook：facebook.com.tw/ecptw

局版北市業字第 993 號
初版一刷：2018 年 11 月
印刷：沈氏藝術印刷股份有限公司
定價：新台幣 360 元
法律顧問：何一芃律師事務所

一茶三百句：小林一茶經典俳句選 / 小林一
茶作；陳黎，張芬齡譯 .- 初版 .- 新北市：
臺灣商務，2018.11
　面；　公分
ISBN 978-957-05-3173-2（平裝）

1. 日本文學 2. 俳句

861.51　　　　　　　　　　107016744